지금은 봄,
비 오고 나면 푸른 여름

● 일러두기
　　띄어쓰기와 한글맞춤법은 국립국어원 표준국어대사전에 따랐습니다. 단, 작가의 의도와 원문의 의미를
　　살릴 필요가 있는 경우 비표준어와 비문을 그대로 사용하였습니다.

지금은 봄,
비 오고 나면 푸른 여름

글·그림 문정

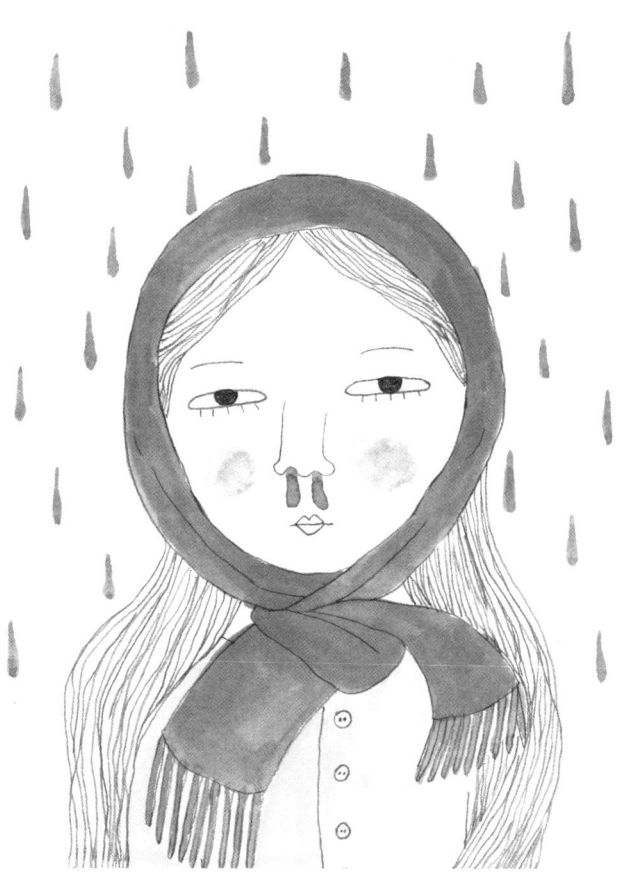

책읽는수요일

프롤로그

통영 봉수골에 한국에 올 때마다 꼭 들르는 책방이 있다. 어느 봄날, 책방 마당에 핀 꽃나무를 구경하다가 책방에서 나오는 내 또래 여성들과 마주쳤다. 벚꽃 구경 왔다가 책방에도 들른 모양인데, 빈손으로 나오는 그들을 보고 생각했다. 50대인 내가, 재미있는 책을 써서 그들에게 선물하면 어떨까. 봄날, 꽃무늬 치마 입고 소녀처럼 웃으며 서점을 찾아갈, 아직은 청춘인 우리들을 위해.

'남편'이면서, 독일에선 유일한 내 편인 띠동갑 연하 독일 남자, 마박이. 유쾌한 그와 함께 하는 '2국적' 사랑과 결혼생활. 한국과 독일 두 나라를 오가며 절실히 느끼게 되는 것은 어디에 있든, 내가 머무는 지금 이 순간이 가장 소중하다는 것. 그 이야기를 해보고 싶다.

독일은 한국보다 여름도 겨울도 더 빨리 오고, 더 길다. 4월, 독일에서 봄을 맞으며 글을 쓰기 시작했다. 그리고 여름이 성큼 찾아온 6월, 한국으로 날아가 그곳의 여름을 보냈다. 9월 말, 다시 독일로 돌아왔을 때는 짧은 가을과 긴 겨울이 기다리고 있었다. 그리고 다음 해 1월, 또다시 한국으로 넘어와 겨울과 봄을 만났다. 독일의 봄에 시작한 이야기를, 한국의 봄에 마무리하게 되었다.

브런치스토리에 연재를 하면서 내 글을 읽어주는 사람이 있다는 게 참 즐거웠다. 내가 "힘들었다, 아팠다, 그리웠다."라고 말하면, 독자들이 "힘들었구나, 아팠구나, 그리웠구나." 하고 말해주었다. 독자가 공감해주면 작가는 가슴이 더 뜨거워진다.

어쩌면 누군가는 이 이야기를 읽고 "이게 50대 이야기 맞아?" 하고 물을지도 모르겠다. 그럼 나는 웃으며, "50대 이야기면 어때야 하는데요?" 하고 되물을 것이다. 나도 처음에는 이런 이야기를 해도 괜찮을지 망설였지만, 50대 이야기는 어때야 한다고 어디 정해진 법이 있는 것도 아니다. 내가 바로 이 인생 드라마의 50대 주인공이고 이 이야기는 우리들이 세상을 살아가는 이야기이기도 하다.

"여보, 나 런던 갔다 올게."라고 외치고 갔던, 두 달간 미술 단기코스에서는 아무도 그림을 가르쳐 주지 않았다. 그냥 그릴 소재를 주고 스스로 그림을 그리라고만 했다. 그래서 내 그림을 그리기 시작했고 책으로 출간까지 하게 되었다. 사실, 내 그림체와 용기는 이미 내 안에 있던 것이었는데, 런던에 가서야 그 사실을 알게 되었다.

통영 중앙시장 생선가게 대야에서 제멋대로 튀어나온 생선처럼 '날 것 같은' 글을 읽고, 모조지 연습장에 수없이 지우고 다시 그린, 저 '못 그린' 그림들을 보면서 당신도 가슴속에 꿈틀거리는 당신만의 이야기를 처음 꺼내 볼 수 있기를 바란다. 내가 그랬던 것처럼, 정말 하고 싶었던 일을 시작하는 용기와 희망이 되기를.

뉘른베르크에서 문 정

차례

Part 2
한국의 여름

Part 3
다시 독일, 짧은 가을 그리고 긴 겨울

Part 4
다시 한국, 봄을 기다리다

Part 1
뉘른베르크의 봄날

어느 날, 남편이 청춘이 무슨 뜻이냐고 물어서
인생의 봄날이라고 답했다.
Spring time of the life.

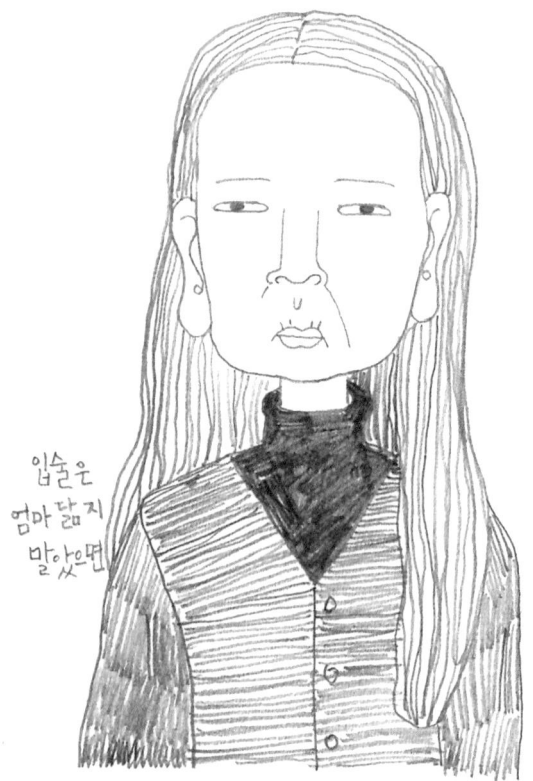

입술은
엄마닮지
말았으면

부처상

이마가 좁으면
부모덕이 없다 하고
귓불이 넓으면
부자로 산다 했다.

나이가 드니까
이마가 넓어진다.
귓불도 넓어졌다.
어깨도 좁아졌다.

눈은 자꾸 작아지는데,
콧구멍은 점점 커진다.
입가 주름 많은 것만
엄마 닮지 말았으면 좋겠다.

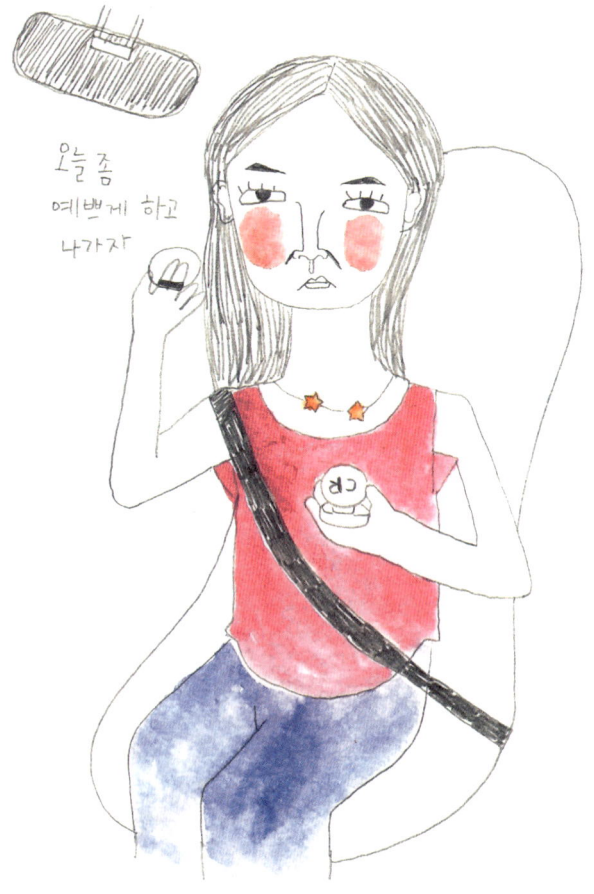

오늘 좀
예쁘게 하고
나가자

닿지 않는 1밀리

차에서 파운데이션을
두드리는데,
코 옆에 주름이 깊게 파여서
아무리 해도
퍼프가 닿질 않는다.

퍼프를 세로로 세워서
각도를 맞춰 넣어봐도
닿지 않는 1밀리가 있다.

이번에 한국 가면
실리프팅이라도 해서
땅겨야 하나.

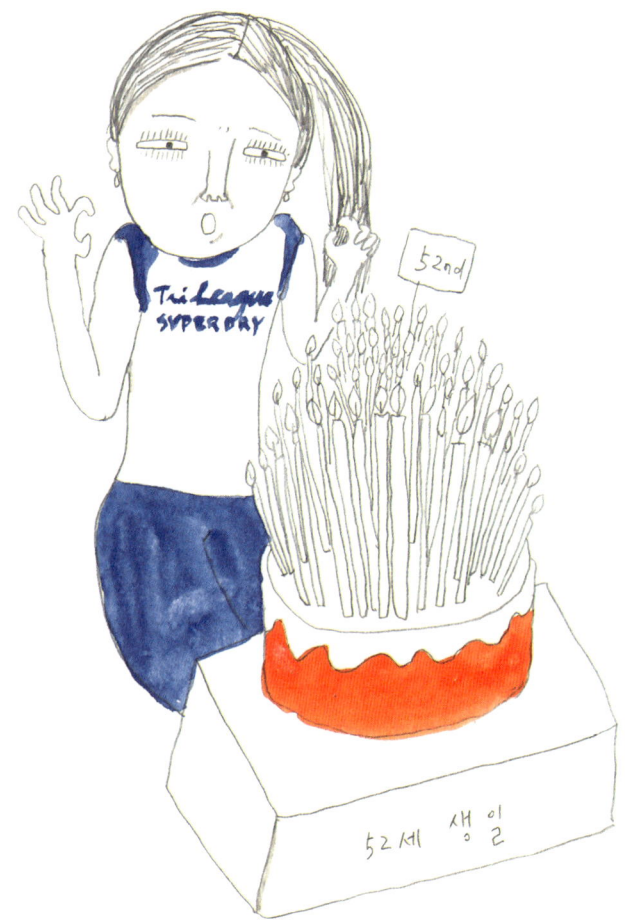

52nd

52세 생일

국가의 도움으로
다시 52세가 되었다

한 살이 어디야.
6개월 전 사진만 봐도
얼마나 젊어 보이는데.

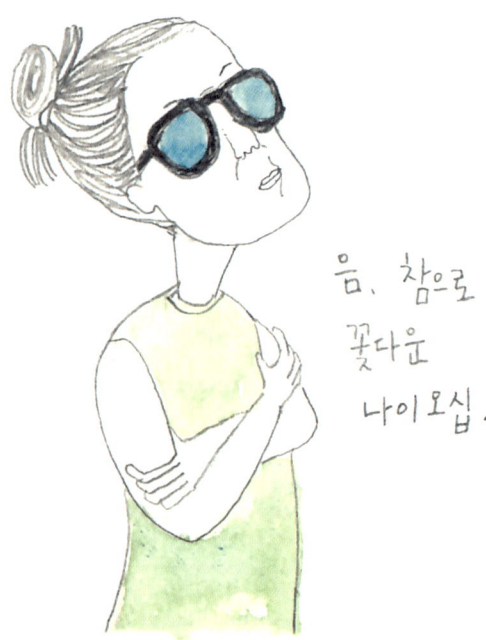

음. 참으로
꽃다운
나이오십.

청춘이다 청춘

내 나이 30이 되자
한 남사친이
너는 이제 여자로서 끝났다 했다.

내가 40에 만난
60대의 한 여사님이
여자의 인생이 가장 아름다울 때는
40대라고 했다.

나는 벌써 50이 되었는데
어느 신경과학자가
50대가 가장 똑똑한 나이란다.
6, 70대가 비행기 조종도 더 잘한단다.
요즘은 70대에 경로당 가면
애기라고 온갖 잔심부름 다 한단다.
한 80쯤 돼야 미국 대통령도 해내지.

가장 예쁜 나이는 지났어도
아직 한창때군. 50은.

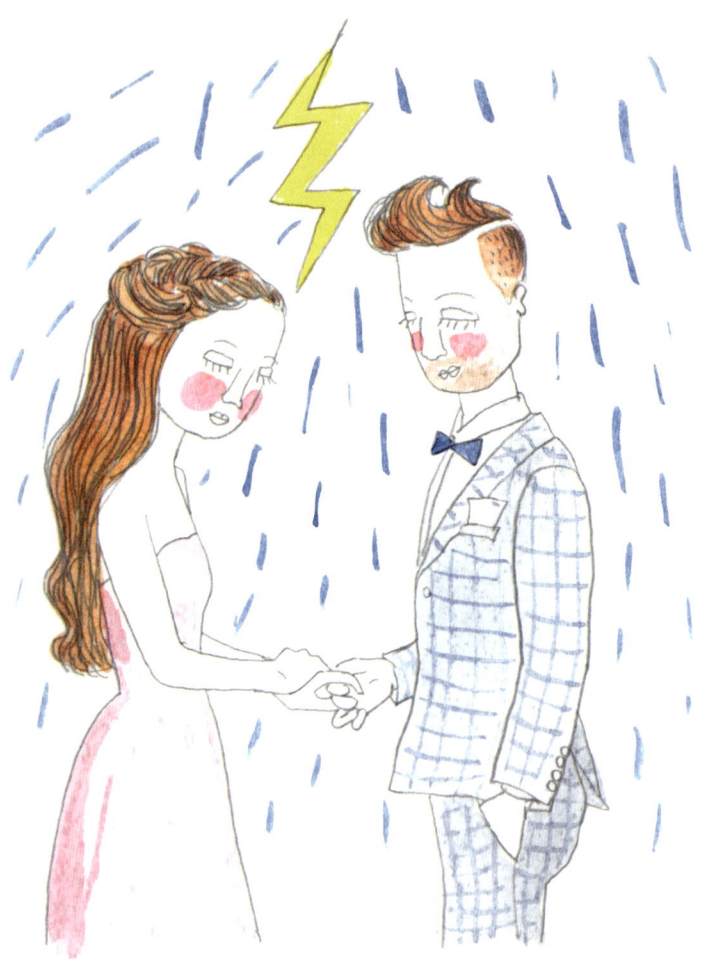

46세의 결혼식

해운대구 송정에 있는 바다가 보이는 레스토랑을 빌려
진심으로 함께 하고 싶은 사람만 초대했다.

삼십만 원 주고 웨딩드레스를 빌리고
평화시장에서 산 보라색 리시안서스로
밤을 새워 부케를 만들었다.
신부 입장곡은 캐논 D로 직접 골랐다.

초대 손님들의 사진 프레임을 테이블에 놓았고
얼마 안 되는 돈으로 주변을 꽃으로 장식했다.
마박이는 우리 사랑을 주제로 프레젠테이션을 하고
지인들이 돌아가며 축하 스피치를 했다.

그날은 비가 억수같이 와서
우리가 정말 정말 잘 살 것임을 예고했다.
두고두고 생각이 나는 참 아름다운 기억이다.

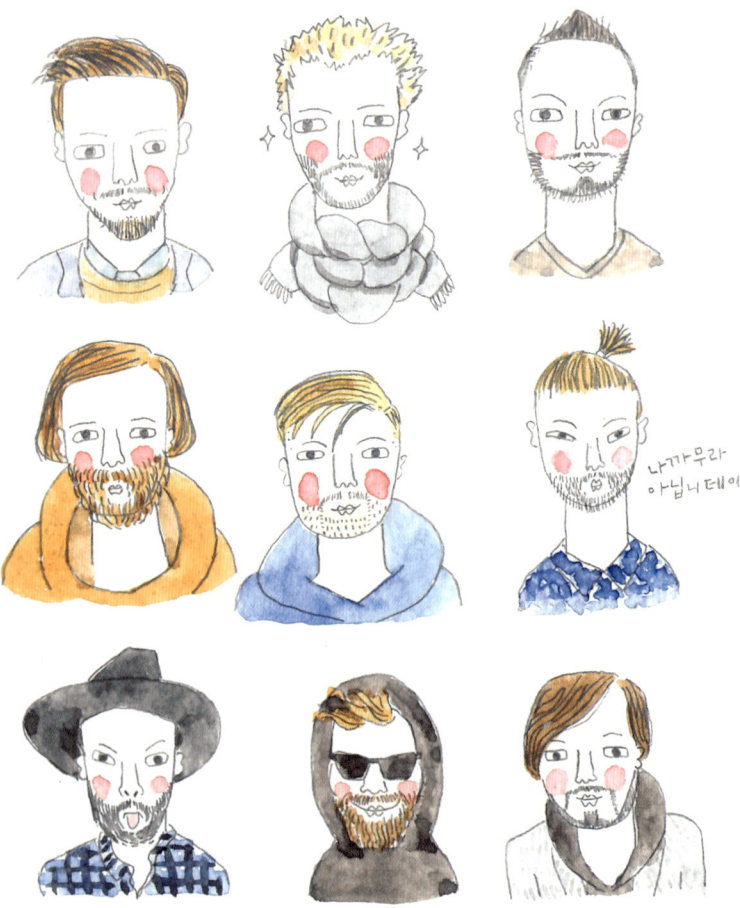

나까우라
아닙니데이

이 남자들은
다 내 남편이다

외국 사람 얼굴은
볼 때마다 다른 사람처럼 보인다.
남편 얼굴도 그렇다.
아침저녁으로 가끔 낯설어서
깜짝깜짝 놀란다.
머리 스타일이나
수염 모양을 바꿀 때마다
적응기가 좀 필요하다.
게을러질수록
머리와 수염 길이는 길어진다.
그래도
마박이한테 수염은 꼭 필요하다.
딱 한 번 수염 없는 얼굴을 본 적이 있는데
흰 피부에 눈코입이 너무 예뻐
정말이지 너무 재수 없어서 깜짝 놀랐다.
아, 남자답게 보이려면
뭔가 터프한 터치가 필요하겠구나.
외국 남자들이 수염 기르는 이유를
이제는 좀 알겠다.

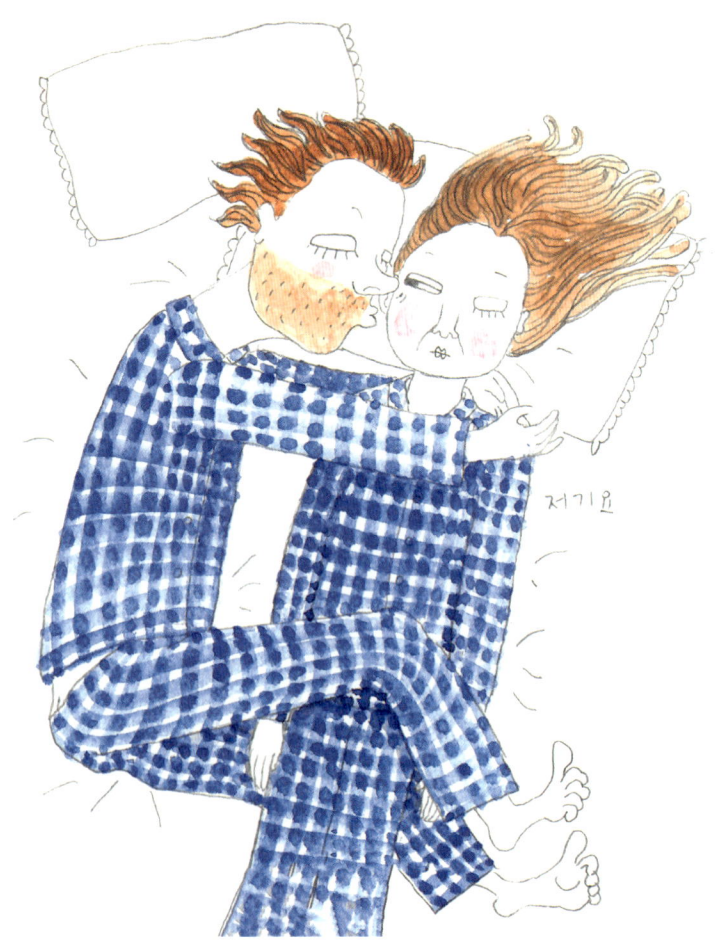

저기요

개 같은 아침 인사

이른 아침에 귀에 대고 킁킁거리는
소리에 잠에서 깼다.
30분째 눈을 감고 참고 있는데
또 킁킁대길래
버럭 짜증을 냈다.
무슨 종류의 애정표현인지...
개냐?
며칠째 저렇게 자는 사람을 깨운다.
나는 짜증이 많은 편이다.
계획이 틀어지면 짜증이 난다.
예를 들면 7시에 알람 맞춰 놨는데
6시 반에 이렇게 깨우는 거.
마박이는 짜증을 내는 적이 없다.
뭐가 그리 좋은지
항상 싱글벙글 즐겁다.
괜스레 화낸 내가 죄인 같아
나도 금방 얼굴 근육을 풀어야 한다.

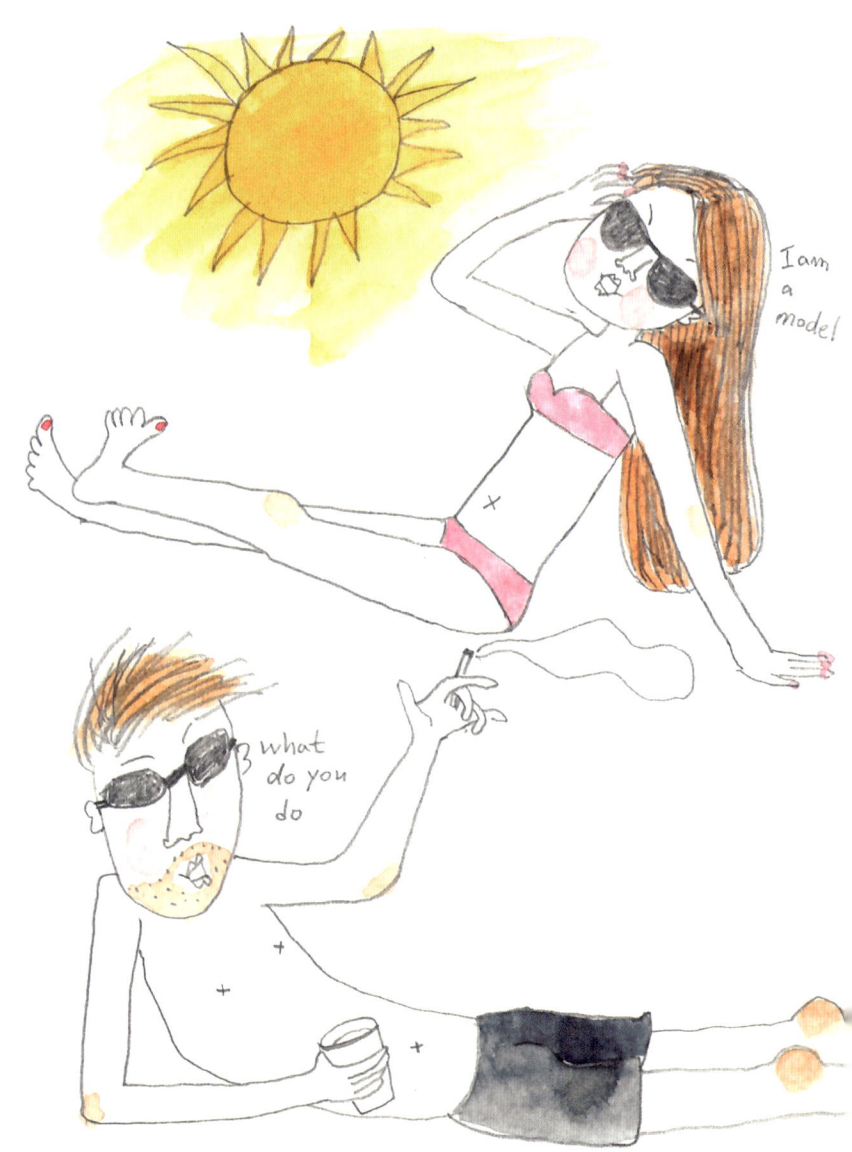

I am a model

독일 남자와 결혼했다고 하면
사람들은 우리가 어떻게 만났는지
꼭 물어본다.
한국 조선업 경기가 좋았을 때
부산 거제 근처에 외국인들이 많이 살았다.
주말에 외국인 친구들이 돈을 모아
요트를 빌려 광안리 바다에 띄워놓고
하루 종일 파티를 하던 날
껄렁거리며 돌아다니는 한 남자가
일광욕 중인 내게 가까이 오더니
넌 무슨 일 하는데 하고 물어서
"모델이다."
했더니 꺼지라는 소린 줄 알고
어 그래 하고 빨리 꺼졌다.
우리가 어떻게 부부가 된 것일까...

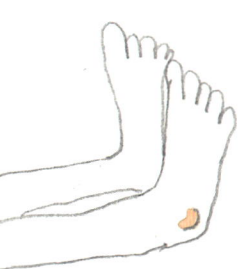

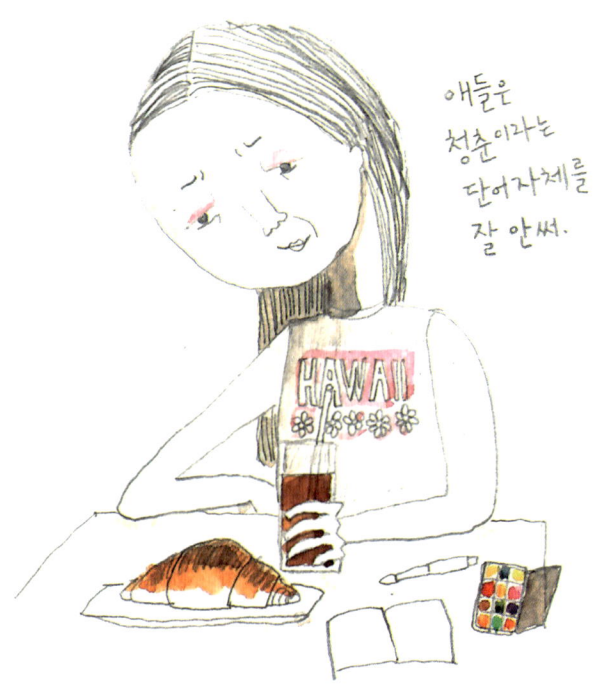

애들은
청춘이라는
단어자체를
잘 안써.

아름다운 감옥

여기 있으면
저기 가고 싶고.

많이 가지고도,
못 가진 것 때문에
불행하게 느껴지고.

뉘른베르크의 구도시는
이렇게 아름다운데
매일 똑같은
하늘과 구름과 나무를 보니
지루하다 한다.

독일 최고라고 인정한
버터 크루아상을 앞에 놓고,
다니엘 스미스 물감으로
그림을 그리면서
행복이 어딨는지
묻는다.

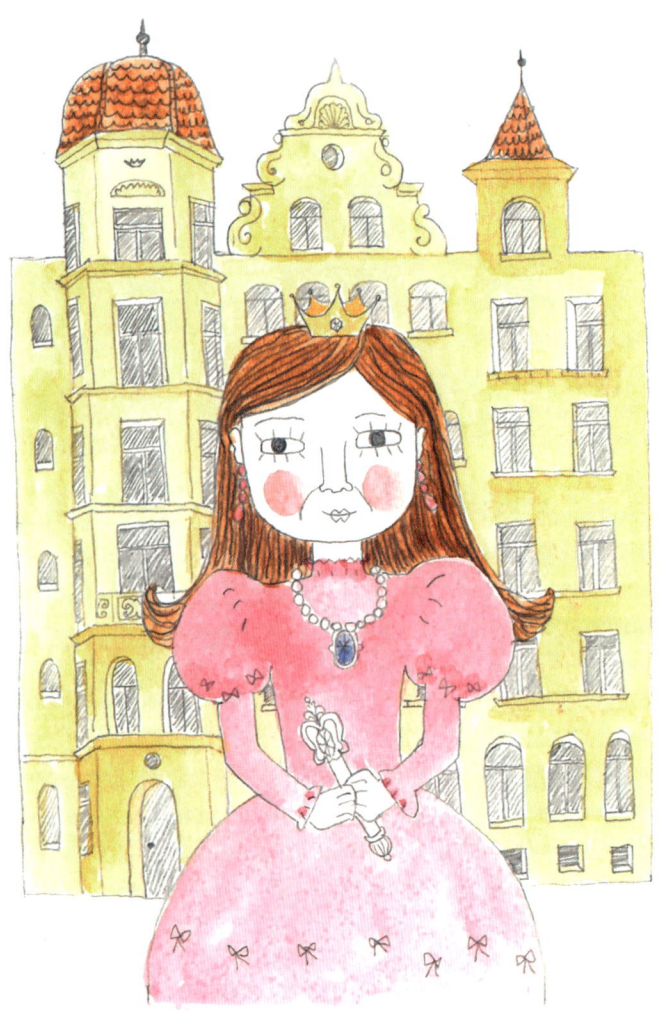

16년 전의 예언

30대 중반,
해운대 어느 오피스텔에서
젊은 여자에게 신점을 본 적이 있다.
현관 입구엔 골프백이 놓여 있었고,
방안에는 짧은 커트 머리의 여자가 앉아 있었다.
성스러워 보이는 신물 같은 건 하나도 없었다.
같이 간 지인에게는
"너는 연예인과 결혼할 거야."라고 했고,
나에게는 심혜진 배우처럼 결혼해서
궁전 같은 큰 집에서
우아하게 그림이나 그리며 산다고 했다.
심혜진 배우가 결혼해서
큰 집에 사는 게 이슈였던 때였다.
그냥 재미있는 경험이었다며 웃어넘겼다.

두둥, 그래서 16년 후.
내가 사는 구도시의 집 건물은 얼핏 궁전 같기도 하고
어쨌든, 그림 그리는 아틀리에 방의 창으로는
뉘른베르크 카이저 궁전이 따악 보인다.
정말 그녀에게 내 미래에
궁전 비슷한 것이 보였던 걸까?
그리고 나의 지인은 연예인과 결혼했다.

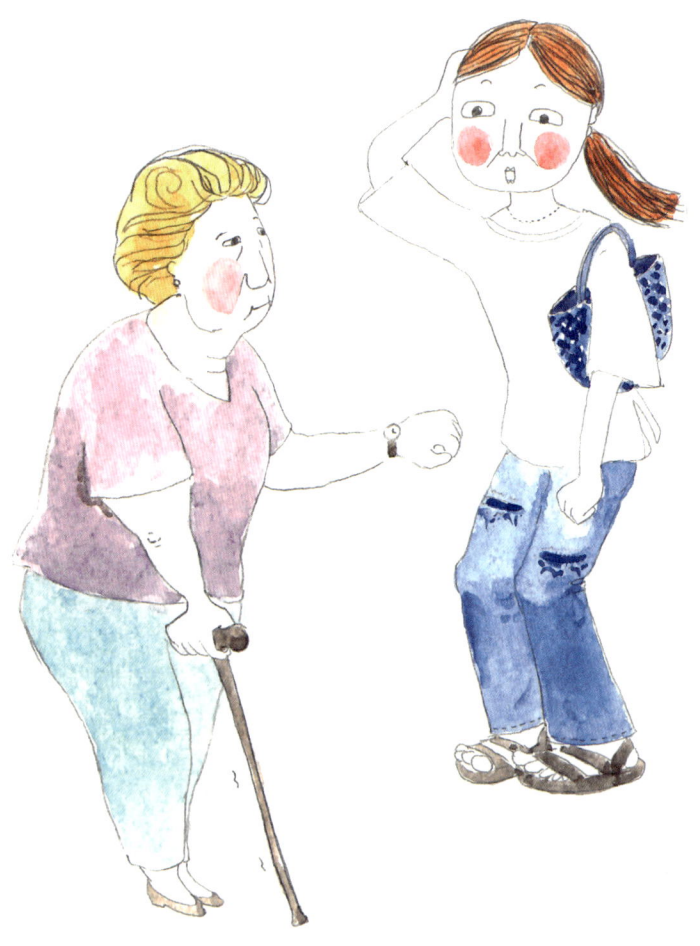

젊지만 노안이다

페그니츠 강가에 있는
스타벅스 옆을 지나가는데,
독일 할머니 한 분이
나를 불러 세우고
지금 몇 시냐고 물으며
손목시계를 들이댔다.

사실 나도 돋보기 없이
뭘 읽을 수가 없는데
고개를 위로 쳐들고
눈을 찌그러뜨려 보니
다행히 시곗바늘이 보였다.

"세 시예요."

휴.
다행이라는 안도감과
할머니를 실망시키지 않았다는
뿌듯함.

죄송해요.
저도 사실 노안이라서요.
이렇게 말할 순 없었다.

* 페그니츠 (The Pegnitz): 마인 (Main) 강의 지류로,
　뉘른베르크의 중심을 흐르는 강이다.

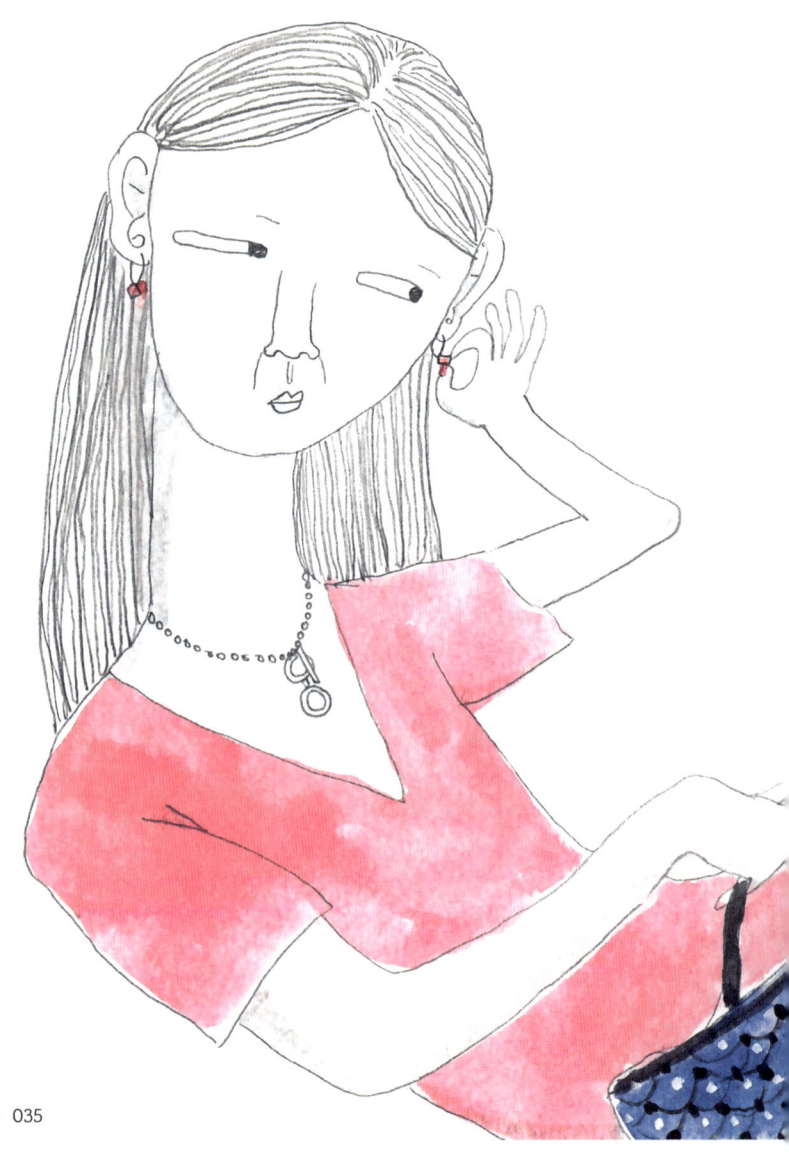

오늘은 좀
이쁘게 하고 나가자

오늘은 좀,
이쁘게 하고 나가자.

꽃받침을 하니까
한 5퍼센트쯤 더 이뻐 보이네.

청춘이 뭐냐고 물으신다면,
"인생의 봄"
갱년기가 뭐냐고 또 물으신다면,
"그것도 인생의 봄"

* 꽃받침: 귀걸이나 목걸이 같은
  장신구를 말한다.

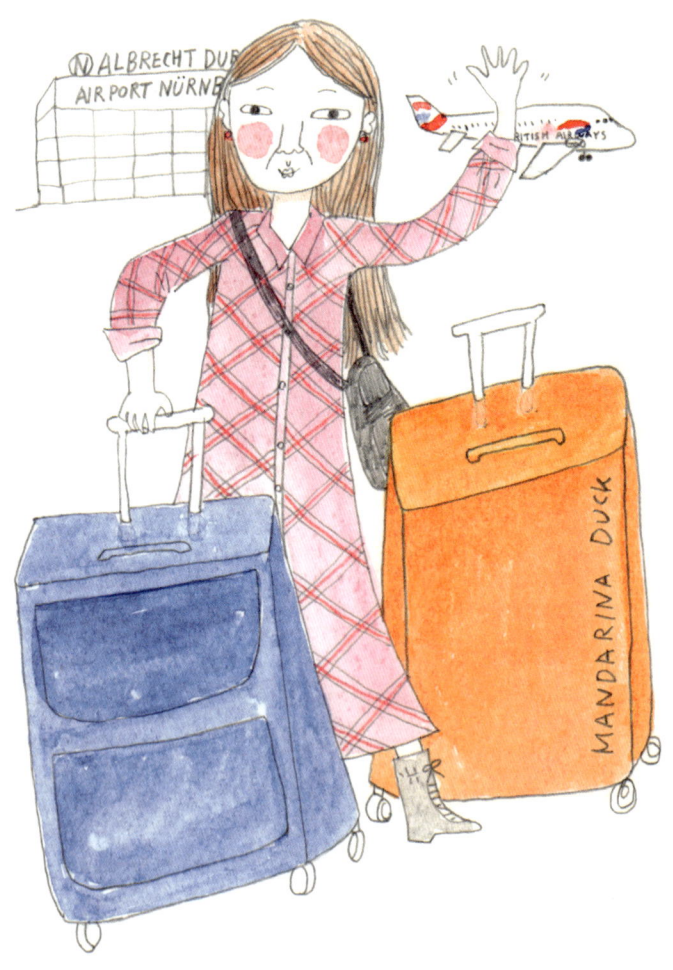

여보,
나 런던 갔다 올게

나 런던 가서 두 달 동안
그림 좀 그리고 올게 했더니

오, 댓츠 어메이징 아이디어!
라며 자기가 더 흥분해서 좋아했다.
걱정스레 물었는데
예상 밖의 반응에 얼떨떨했다.
둘이 같이 살면서
독립적인 꿈을 꾸기도 어렵지만
그게 저리 좋아할 일인가...

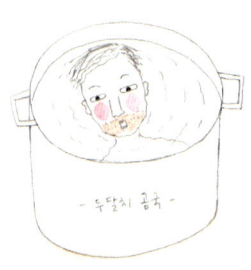
- 두달치 공룡 -

주변 사람들은 내가 용감하다고 말했다.
오십 넘어 런던 가서 그림 공부하겠다고
짐 싸서 훌쩍 떠나는 일은
내겐 용기가 필요한 것보다
단지, 돈이 좀 필요한 것 같긴 하다.

런던에서는 눈물 찔끔 나게 고생도 했지만,
꼬깃꼬깃 숨겨져 있던 나를 만나기도 했다.
세 군데 단기 코스를 다니는 동안,
이 세상 사람 중 누구도 내 나이를 묻지 않았다.

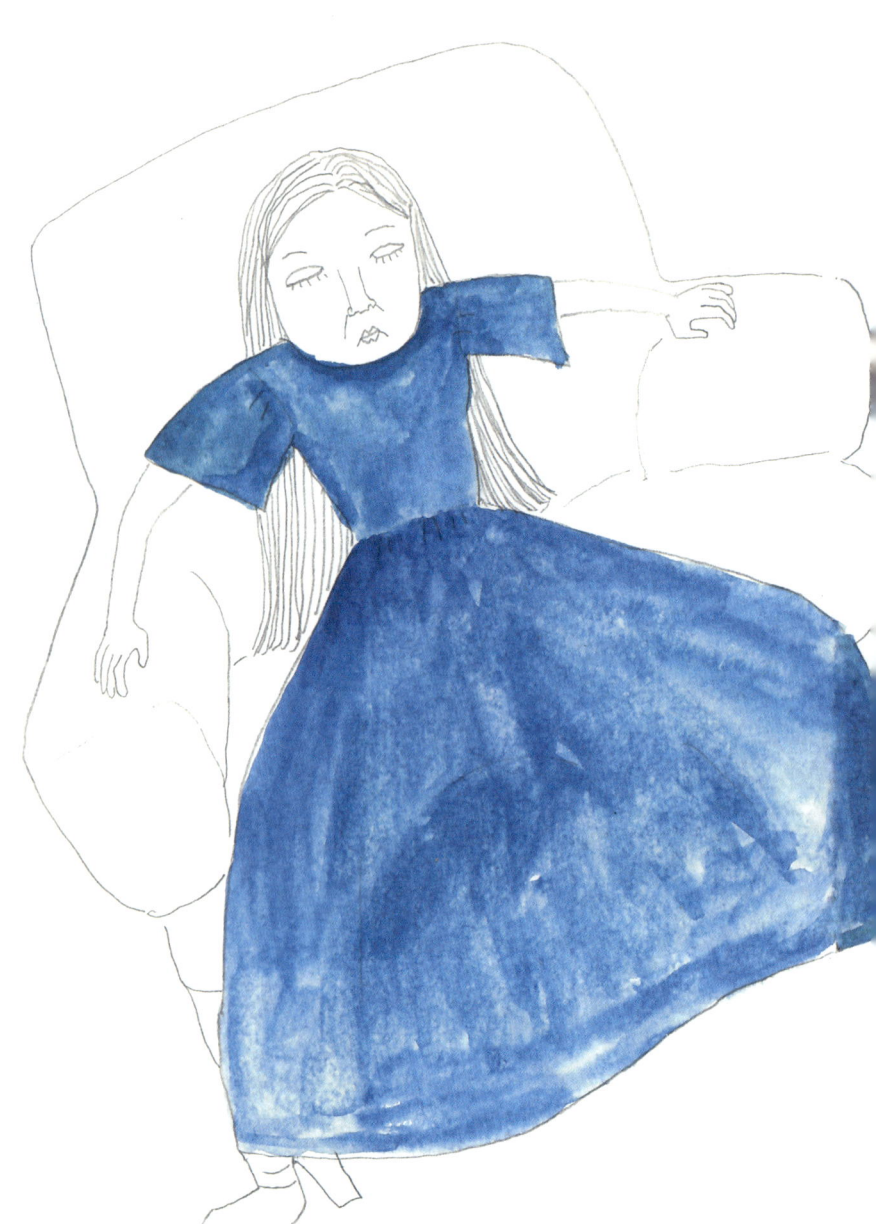

시댁에 와서
쩍 벌한 채 잠이 들었다.

시댁에 와서
쩍 벌한 채 잠이 들었다.

시어머니가
점심을 해주셨다.

시동생 미하엘이
런던에서 산 원피스를 보고
브리티시 로열블루냐고 놀렸다.

설거지는
시아버지가 했다.

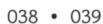

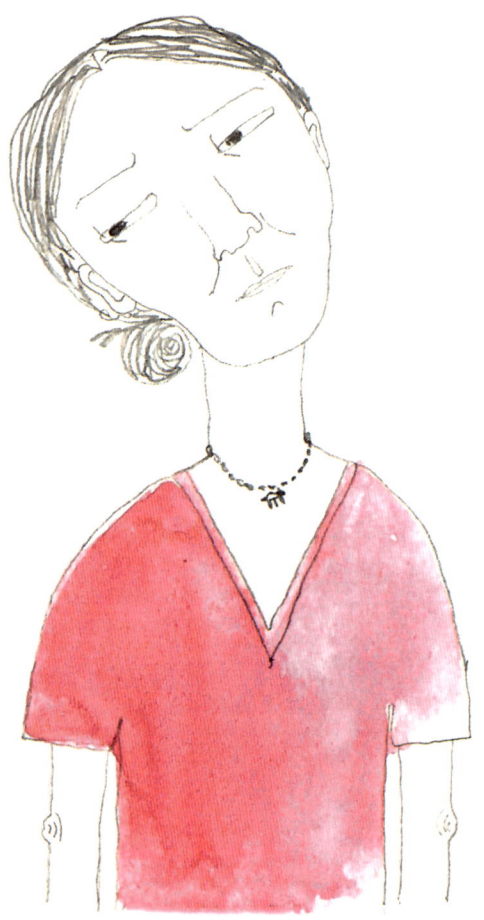

한쪽 귀가
무거운 날

생각하기도 싫고
나가기도 싫고.
먹먹하게,
밥하고 밥 먹고.

한쪽 귀가
유난히도 무거운 날.

새벽 두 시에
달 쳐다보고.
한국에도
떴겠지, 저 달.

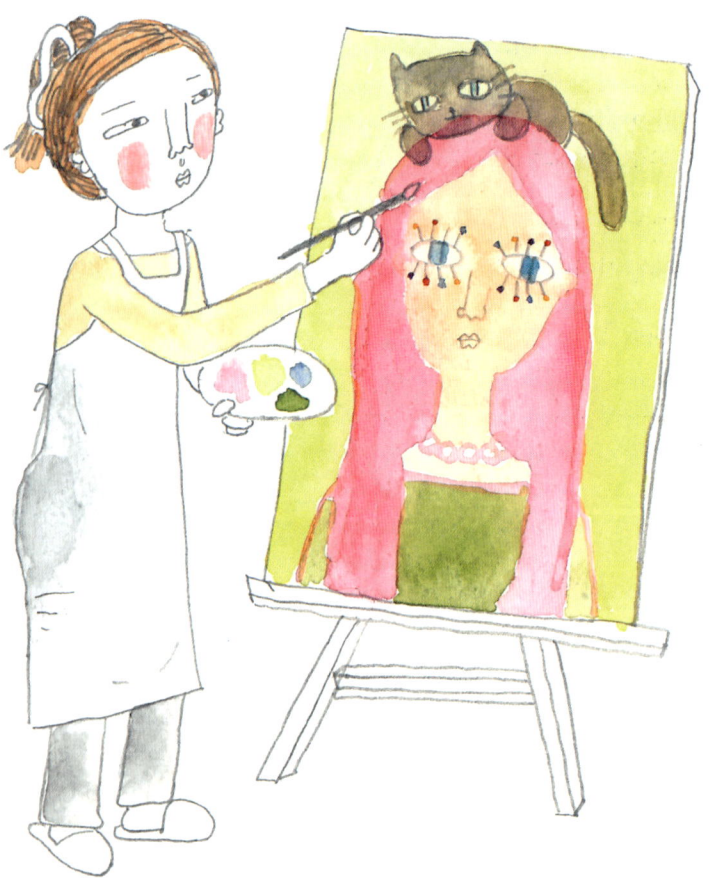

그림 못 그리기

누구는 커서 대통령이
되고 싶다 할 때,
나는 화가가 되고 싶었다.

먹고사는 일이 더 급해서
그림 그리는 것을
평생 동경하고만 살았다.

미대를 안 간 사람은
그림을 배우려고 애쓰고,
미대를 나온 사람은
배운 것을 잊으려 애쓴다.

그림을 배우지 못한 것이
나의 그림을 더
자유롭고 못생기게 한다.

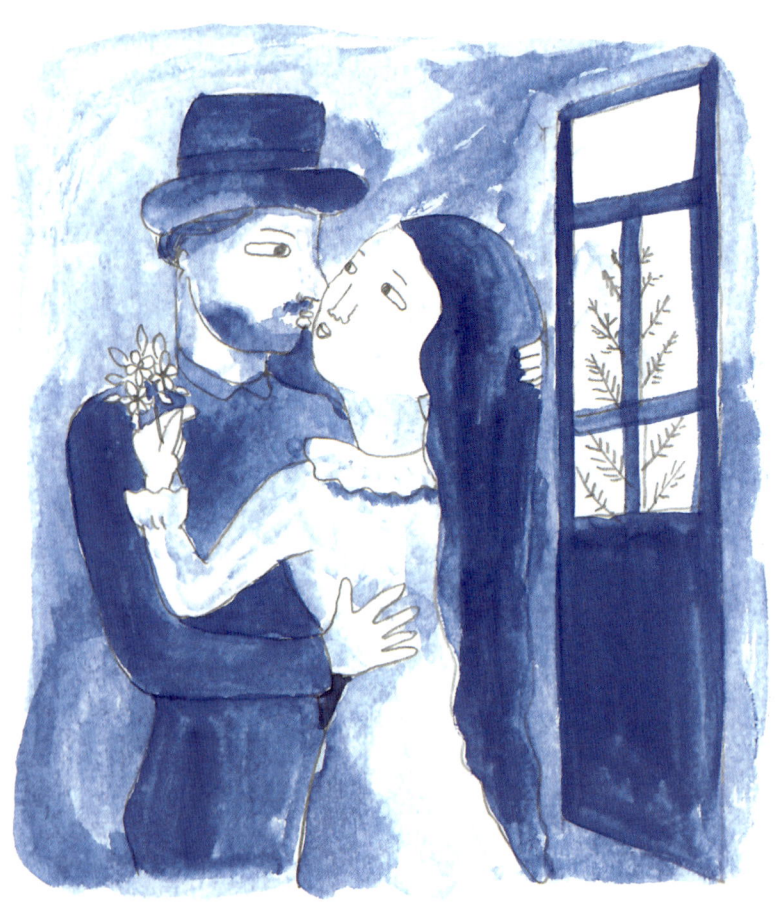

유럽 남자는
이런 여자 좋아해

한참 마박이랑 썸 탈 때,
아는 동생 쥐나가 말했다.

"언니, 유럽 남자들은
귀엽고, 조신한데 섹시하고,
여성적인데 스마트하고,
자기 일 잘하고 독립적이면서
때로는 기대고 싶은,
그러면서 보호해 주고 싶은
그런 여자를 좋아한대."

어쩌냐.
그런 다 가진 여자를
안 좋아하는 남자가 있겠냐.

근데 그거,
다중 인격 장애 아냐?

* 그림 설명: 마르크 샤갈(Marc Chagall)의 *The Kiss* 오마주

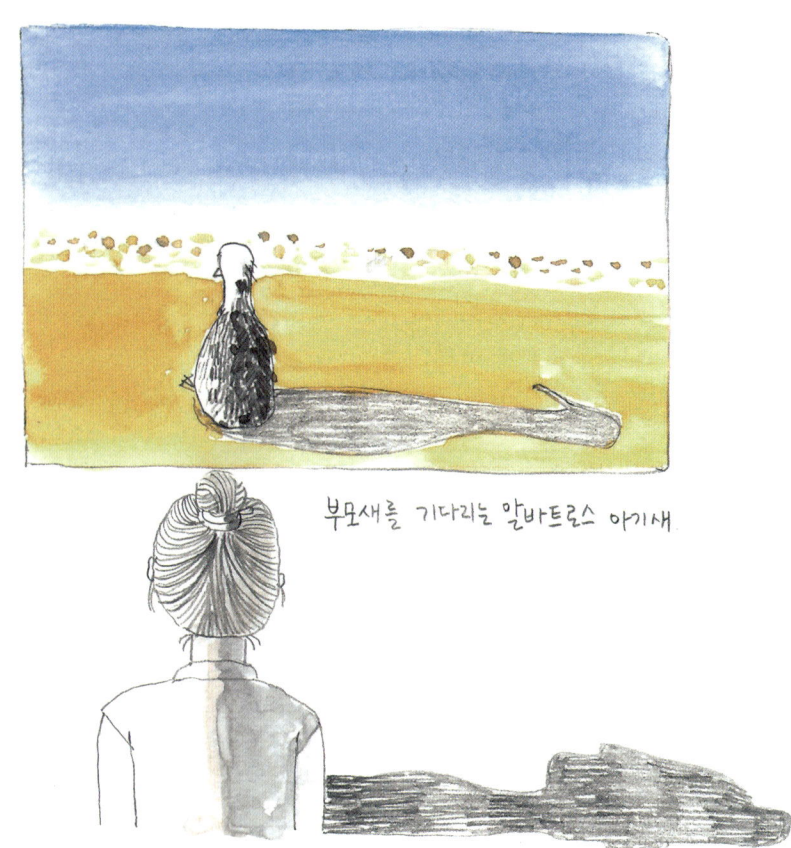

부모새를 기다리는 알바트로스 아기새

부모라는 햇볕

나 스무 살쯤에
엄마의 양엄마가 혀를 끌끌 차며
으그, 으그, 집안만 잘 타고났으면
으사 신랑 만났을 텐데...
했다.

칭찬인지, 욕인지.
일찍 암으로 돌아가셨는데
잔인한 바른말만 쏟아내던
짧은 턱 언저리만
기억에 남을 뿐
그에 대한 따뜻한 추억 같은 건 없다.

우리 엄마도 그랬겠지.
따스한 햇볕이 더 필요했을 거야.

"아기 새야,
그렇게 기다리다가 혼자 훌쩍 커버렸지.
저 너머에 뭐가 있을지는 날아봐야 알지.
너 자신을 믿고, 날개를 펼쳐보는 거야."

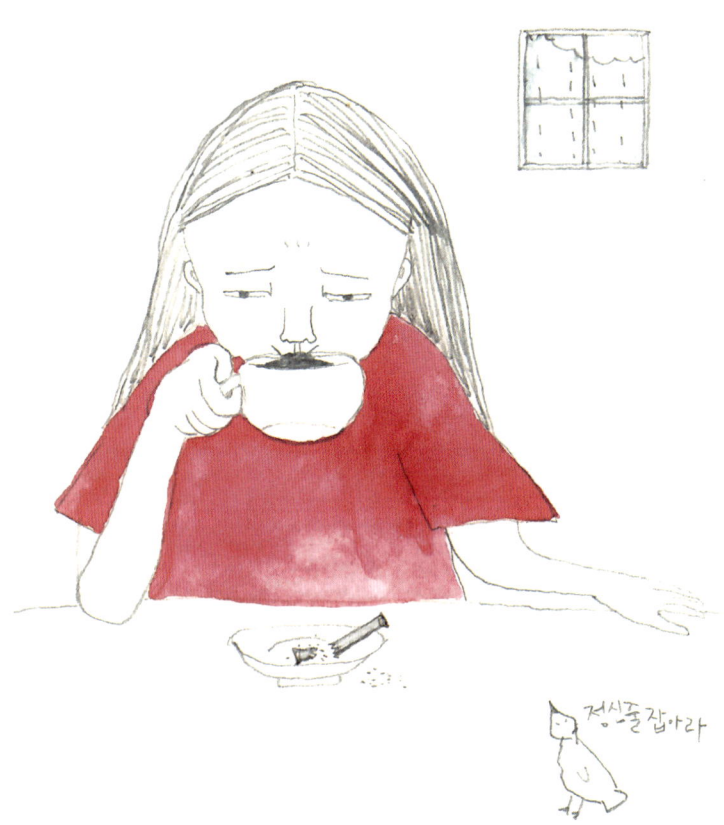

정신줄 잡아라

괜찮다
이대로도 좋다

만날 사람 하나 없고
할 일도 딱히 없고
날씨는 또 왜 저래.

오십 넘어
이러면 안 되겠다
급한 마음이 들었다가
이제껏 잘해왔잖아
천천히 생각하면서
여기서 할 수 있는 일을
떠올려 보자.

그래
오늘도 참 괜찮다.
좀 심심하긴 해도
지금 이 순간이 참 좋다.

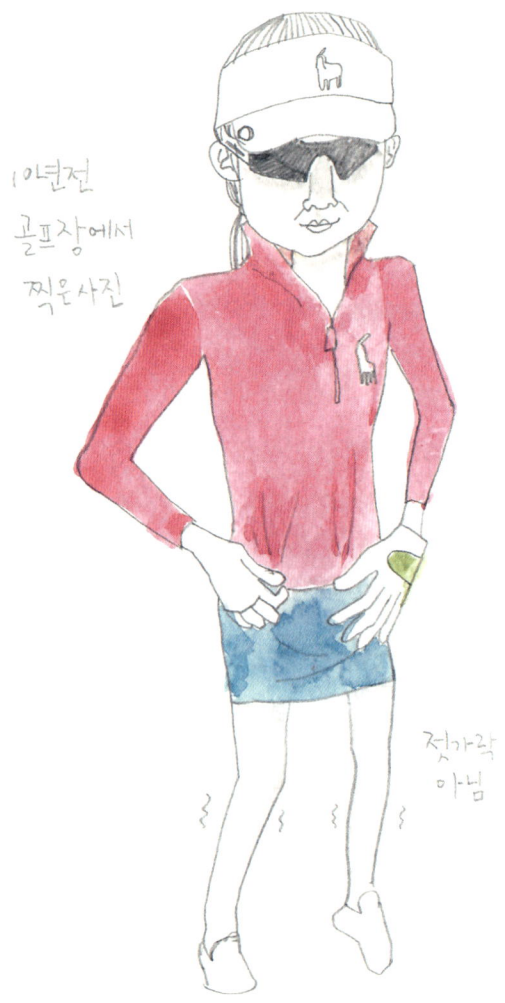

1이년전
골프장에서
찍은사진

젓가락
아님

중년의 덩치

10년 만에
포르히하임 근처 골프장에서
골프를 치게 됐다.

입던 옷들이 아동복 수준이라
그중 겨우 몸이 들어갈 만한
옷을 찾아 끼어 입었다.
다행히, 머리는 안 커져서
모자는 잘 맞았다.

독일 사람들 힘 좋은 걸 깜빡하고,
모래를 힘껏 쳤다가 엘보가 와서
일주일 동안 깁스를 했다.

그래도 뱃심 좋고
팔뚝 굵고 다리통도 묵직하니
무게중심이 딱 잡혀서
중년이 되어 이건 좋구나,
했다.

* 포르히하임(Forchheim): 독일 바이에른주에 있는 중소도시로,
뉘른베르크에서 북쪽으로 약 30km 떨어진 곳에 있다. 이곳은
맥주 지하 저장고(Forchheimer Kellerwald)로도 유명하다.

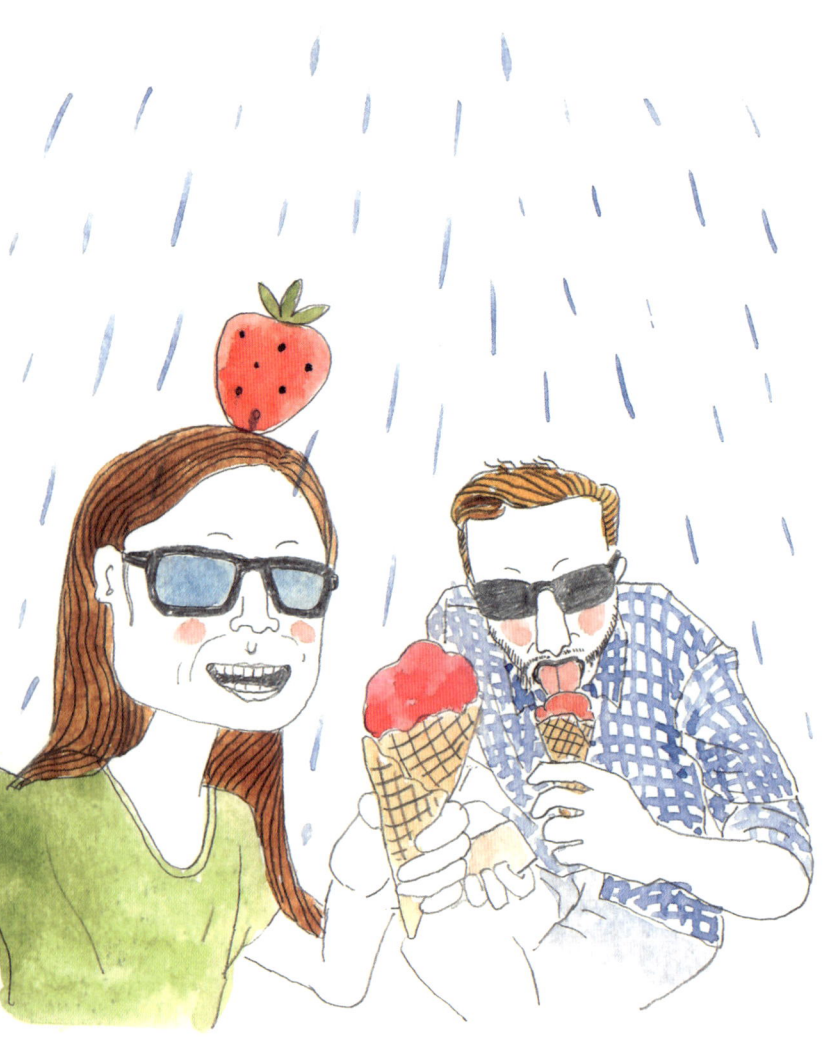

수요일엔
빨간 딸기를

험프 데이, 수요일엔
주로 숨쉬기 운동만 하는
샐러리맨 재택근무자, 마박이를
조금이라도 움직이게 하려고
걸어서
아이스크림을 먹으러 간다.

지난주에
국립독일박물관(Deutsches Museum) 옆
아이스크림 가게까지 걸어가는데
굵은 빗방울이 떨어지길래
앞에 보이는 프렌치 파티셰리에
얼른 뛰어 들어가서
그냥 딸기 케이크를 먹었다.
그러는 동안 비가 엄청 내렸다.
딸기알만 한 우박도 쏟아졌다.

이번 주에
딸기 아이스크림을 먹는데
하늘에 엄청 큰 먹구름이
우리 쪽으로 다가오고 있어
빨리! 하며
집으로 냅다 뛰었다.
운동 되지?

* 험프 데이(Hump day): 수요일을 뜻하는
  속어다. 험프(Hump)는 언덕의 봉우리,
  즉 가장 높은 지점을 의미한다. 5일 근무
  로 보면, 수요일은 주중의 중간 지점으로
  고비를 넘겼다는 기대감을 표현할 때 사용
  한다.

* 파티셰리(pâtisserie): 프랑스식 디저트
  를 파는 고급 가게 또는 과자류를 뜻한다.

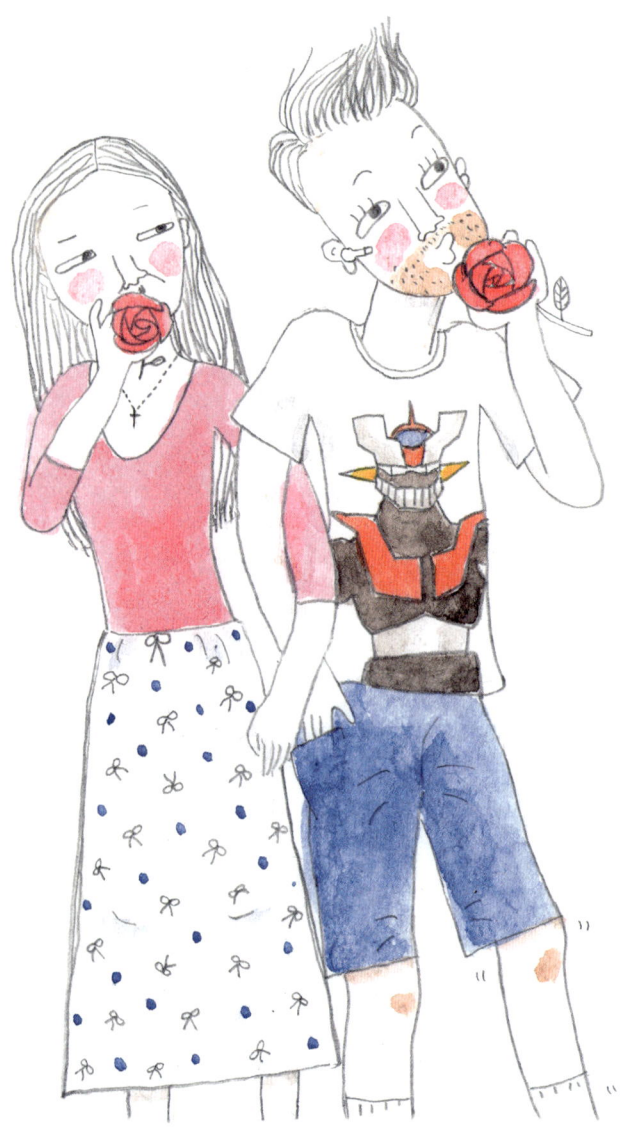

조금 늦게
철든다 합니다

띠동갑 연하와 결혼했다고 하면
와, 너 성공한 인생이구나 하는데
나도 그런 줄 알았지.

살아보니
우리 어른이가 서서히
인생의 참맛을 깨달아 가는 과정을
저만치 먼저 가서 지켜보게 된다.

남편 어쩌면 큰아들.
남편 39살 때
나 51살.
10년마다 오는 위기감.

갱년기라고,
나 좀 알아달라 말 못 했다.
나도 처음 만나는 인생의 시간을
이 젊은이는 알 수가 없다.

그래도 자기 입장에선
내가 좀 꼰대 같겠지?

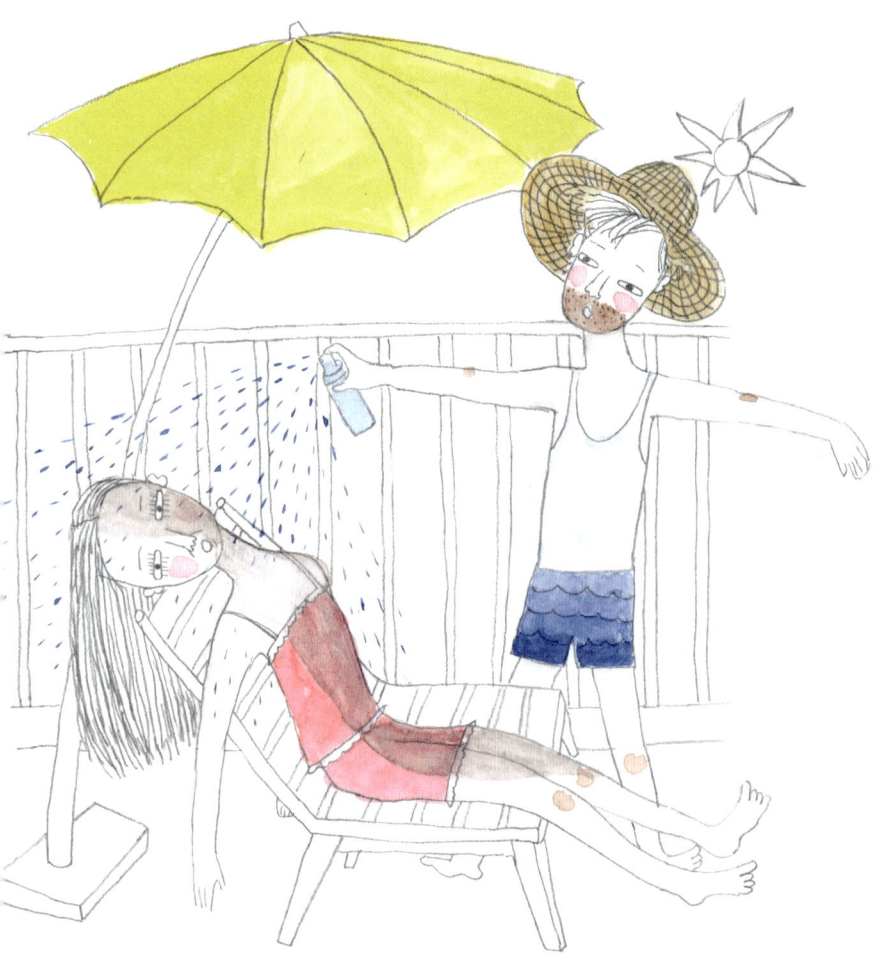

한여름에
에어컨이 없다고?

독일에 한번 가야지
말은 하면서도
가족들은 정작
비행기 예약은 안 한다.

독일에서
에어컨 있는 집을 본 적이 없다.
선풍기도.
부채도 없다.

에어컨 없이 어찌 사냐고
한국 사람들이 많이 물어본다.
한국처럼 습하지는 않다.
대신에 모기는 없어서
밤에는 창문을 열고 지낸다.

"두어 달만 참으면 쌀쌀해지니까
올해도 잘 견뎌보자."
라고 여기 사람들은 생각한다.

오늘은 37도.
집이 너무 더워서
에어컨 있는 데서 좀 있고 싶어서
스타벅스에 왔다.

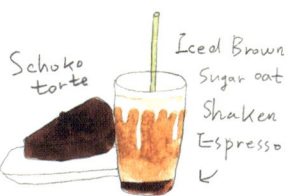

Schoko torte
Iced Brown Sugar oat Shaken Espresso

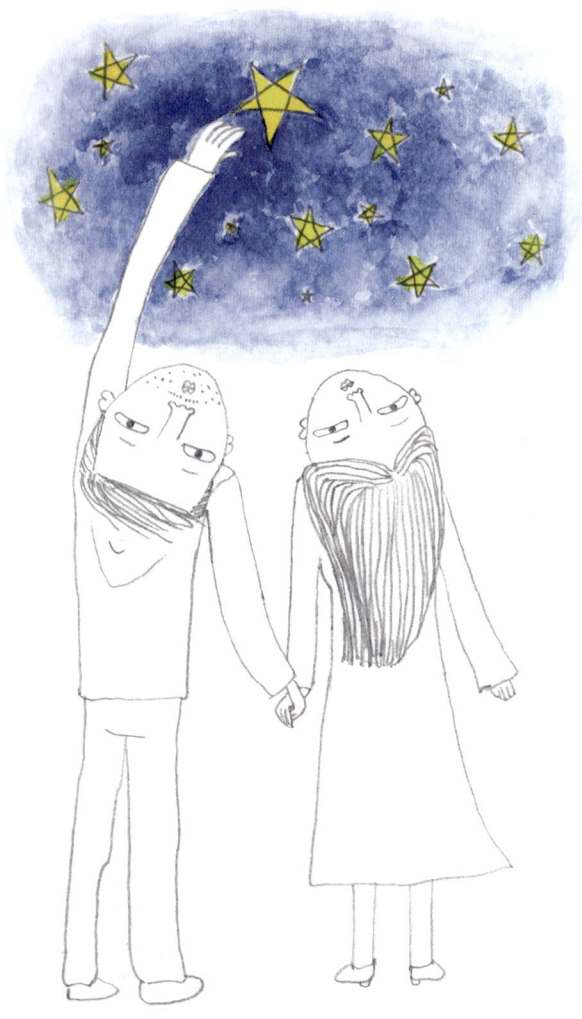

별을 따고 싶은
사람들

마박이와 나는
쉬운 길을 두고
항상 어려운 길을
선택한다.

일할 때는 하루도
수월하게 보내는 날이
없는데 그래도,
"나, 이 일이 너무 신나!"
라고 말한다.

이런 같은 성향 때문에
무언가 결정해야 하는
선택의 기로에서 우리는 언쟁 없이
같은 방향으로 길머리를 튼다.

서로 잡은 손이 안정감을 주어
벼랑 끝에 서도 위태롭지 않다.

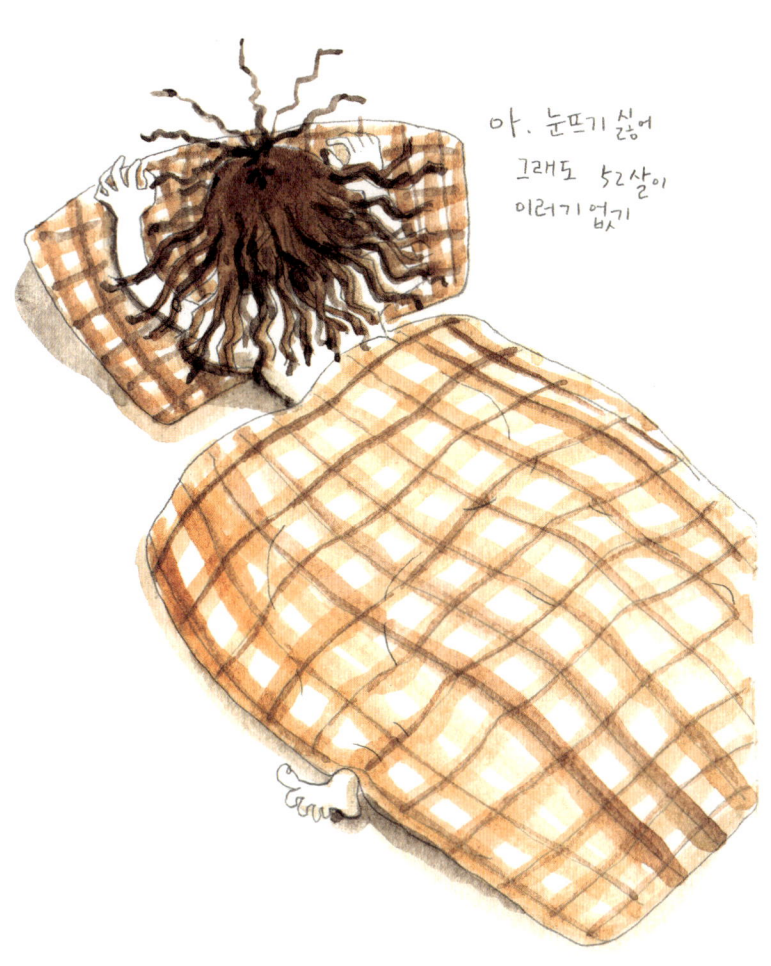

아, 눈뜨기 싫어
그래도 52살이
이러기 없기

여행,
그 즐거운 고통에 대하여

여행은 즐겁다.
긴 시간 비행은 안 즐겁다.

비행기 타기 전
뉘른베르크에서 부산까지
스무 몇 시간 여행통은
며칠 전부터 미리 앓는다.

두어 달 남편을 혼자 두는 불편.
한국에서 일을 잘 해내야 한다는 긴장.
코로나 때 생긴 밀실 대중에 대한 공포.

고통을 잊고 여행하는 법은
내가 오래 생각해 둔 것이 있다.
감정에 무통 마취를 하는 것이다.
자, 마취 들어갑니다 하나, 둘, 세엣.

기쁨도 걱정도 못 느끼는 채로
척척 해치우다 보면,
어느새 나는 거기 가 있다.
혹은 다시 여기로 와 있다.

여보, 나 한국 갔다 올게!

Part 2
한국의 여름

나는 두려운 것이 아니라 최선을 다하고 싶은 거다.
두 세계의 중간, 어디쯤에서.

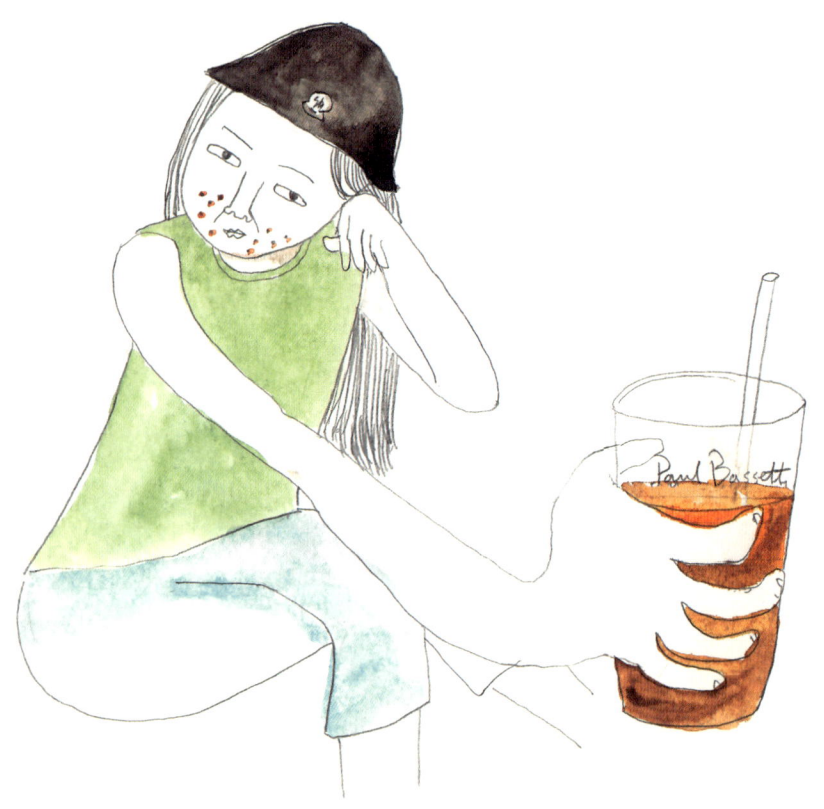

웰컴 투
아아의 나라

뽕 하고 한국에 왔다.
당장 카페부터 뛰어들어가
근처 사는 사람처럼
아주 유유히
아이스 아메리카노를 시켰다.

나 사는 독일 촌에는 이런 신문물은 없다.
아아는 곧 K-문화이자, 한국 정신의 산물 아니던가.
식기 전에 빨대로 쭉쭉 흡입한다.
이제야, 한국인의 피가 온몸을 돈다.

비행기가 텅! 하고 땅에 닿는 순간,
무사함에 나는 늘 감사한다.

오랜만의 비행이라
이번에는 위경련에, 방광염에,
얼굴에는 두드러기가 났다.
못생겼지만, 이렇게 살아서
K-아아를 마실 수 있음에
또 한 번 감사한다.

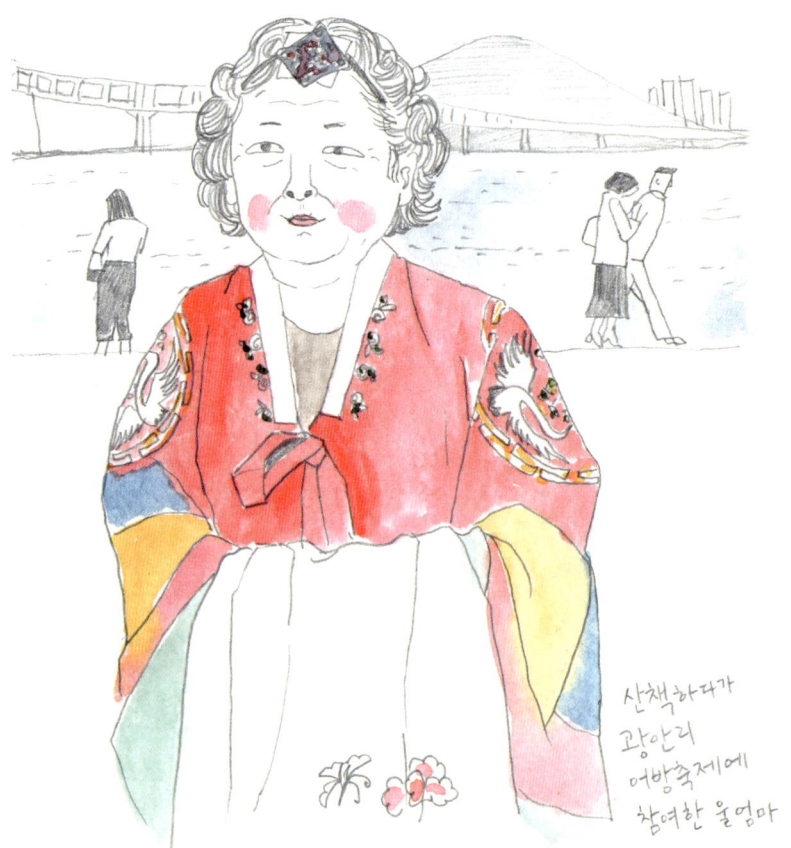

산책하다가
광안리
어방축제에
참여한 울엄마

엄마의 엄마

한 열 번쯤 들은 얘긴데,

우리 엄마의 엄마는
서울에서 자수성가하여 엄청난 부를 이룬
종로 포목 집 둘째 부인의 딸이라고 했다.

엄마의 엄마의 엄마는
사람을 쳐다볼 때는 눈을 내리깔고,
치마를 휙 돌려 감아
겨드랑이에 끼고 도도히 걷는데
엄마가 일꾼들과 말이라도 섞으면
거지들과 논다고 나무랐단다.

엄마의 엄마와 엄마의 아버지가 이혼할 때
하나 덕은 열이 본다고
엄마를 공부시키려고 영어 선생까지 붙였지만
엄마는 연애질만 하다가
우리 아버지 같은 사람을 만나
충무, 지금의 통영으로 시집을 가게 되었다.

엄마의 엄마는
새로 시집을 가서 자식 몇을 낳고 살았는데
그 집 자식들이 알까 봐
아직 살아있을지도 모르지만
죽을 때까지 연락을 끊었다.

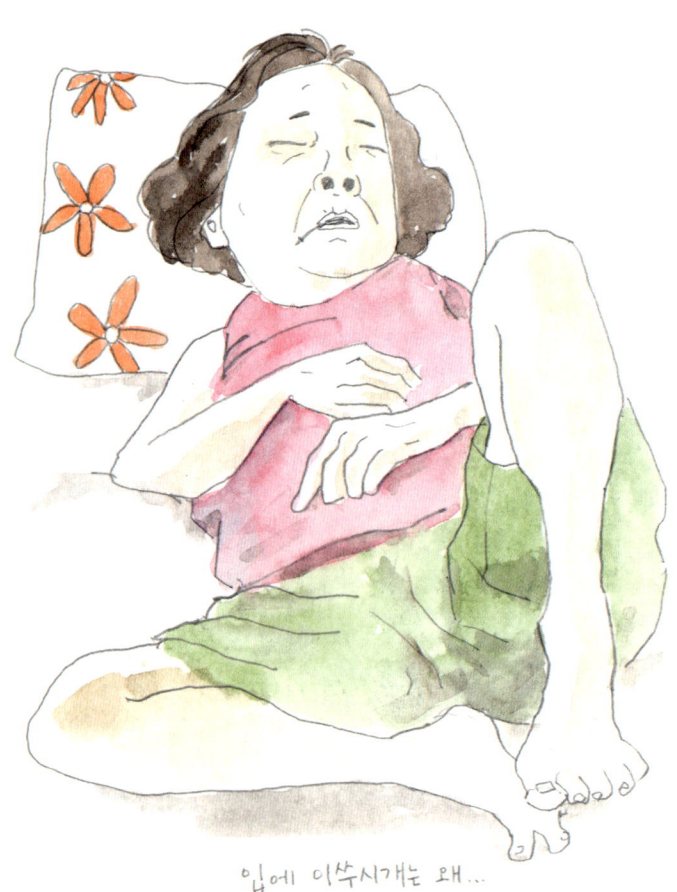

입에 이쑤시개는 왜...

엄마의 아버지

이것도 열 번 이상 들은 얘긴데,

엄마의 아버지는
동경 유학을 다녀와
은행 지점장으로 은퇴했는데
그 집안에서는
그리 잘 풀린 케이스는 아니란다.

엄마는 엄마의 아버지의 아버지가
우리나라 최초의 의학박사라고 우기는데
글쎄 그런 기록은 찾을 수 없었다.

어쨌든, 의학박사는 맞는 거 같은데
의대 공부 뒷바라지해 준 조강지처를 버리고
일본인 간호사와 눈이 맞아 살림을 따로 차렸다.
이 일본 여자가 어찌나 독한지
한 달에 딱 1시간만 본가 가는 걸 허락했다는데
기막힌 타이밍으로 본처에게서도 자식을 여럿 보았다.

엄마의 아버지는 엄마의 엄마에게서 2남 2녀를,
새로 장가든 여자에게서 두 딸을 더 봤는데
엄마의 새엄마는 살아생전, 계모의 삶에 충실했고
자기 두 딸은 공부도 잘 시키고 시집도 잘 보냈다.
엄마의 아버지도 엄마의 아버지는 아닌 채로
살다가 죽었다.

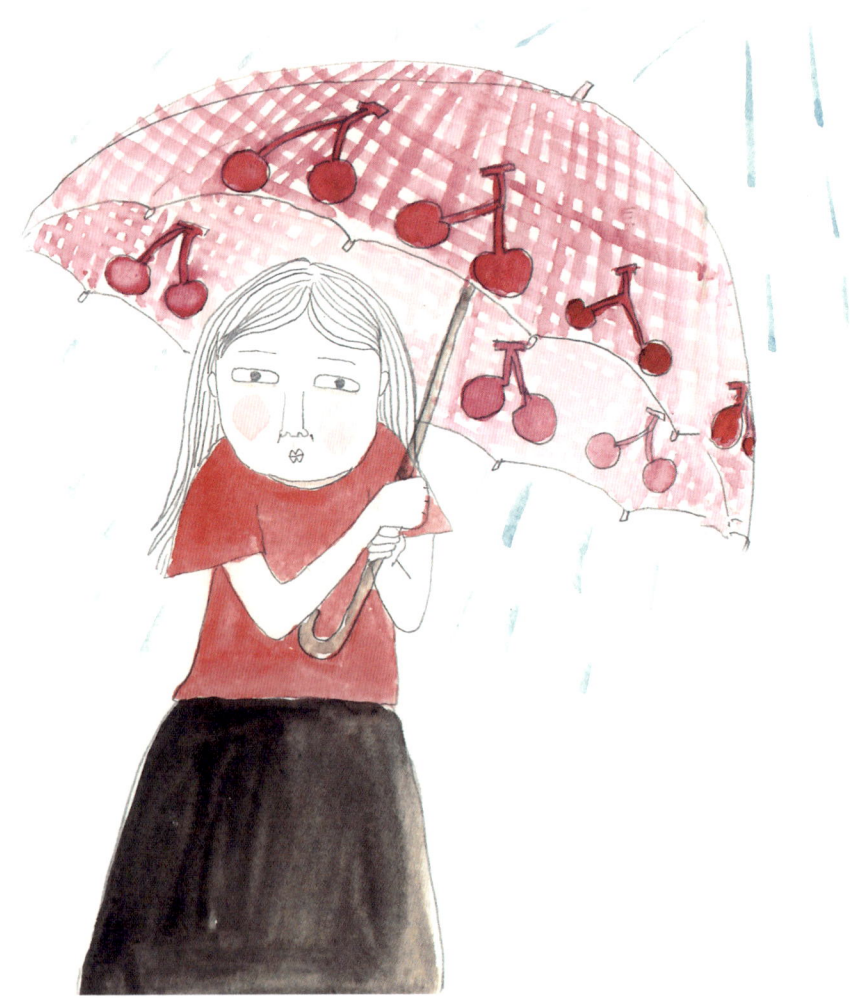

주차비는 우산값

주차비를 아끼려고
기장 동암마을에 주차를 하고
해안 산책로를 걸어서
아난티 이터널저니 서점에 갔다.

아아와 시나몬롤을 시켜놓고
그림책 다섯 권을
공짜로 읽었다.

이제 집에 가야지
하는데
그칠 기미 없는
엄청난 비가 쏟아졌다.

이럴 수가.
이터널저니에서 파는 우산은
삼만 원에서 오만 원대.

겨우
편의점에서 16,800원짜리
비닐우산을 발견해 쓰고
차로 돌아왔다.

아낀 거
맞나?

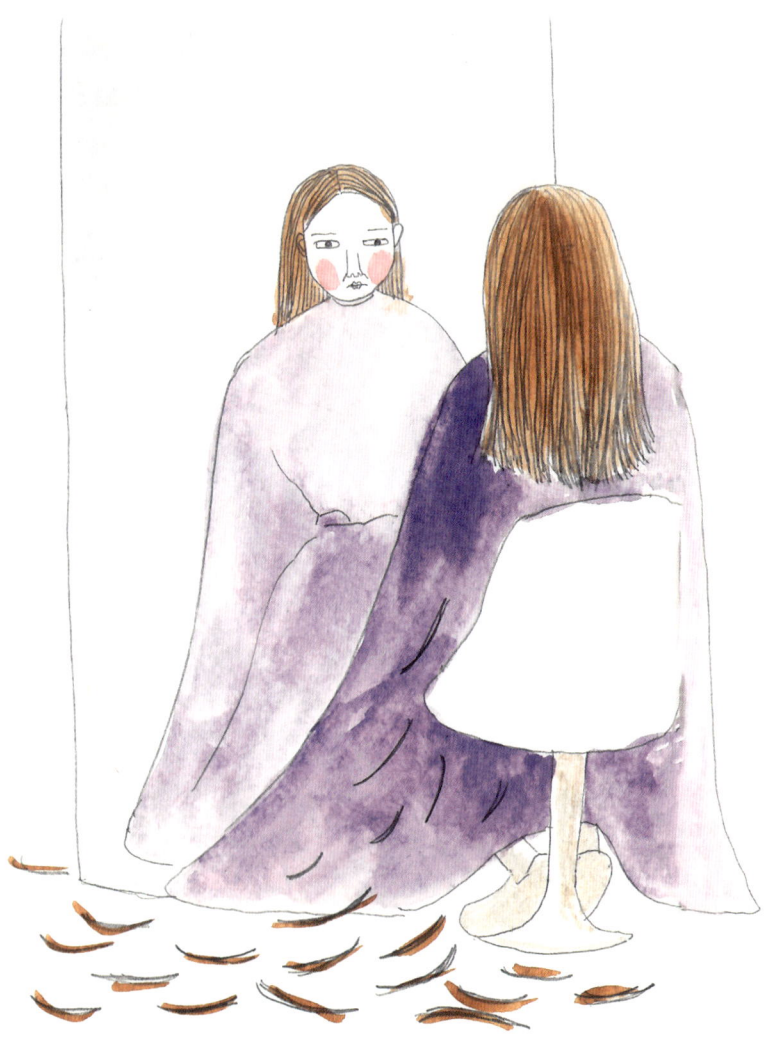

오래 긴 머리를
자르며

독일 시아버지는 아직도 시어머니가
머리를 길게 기르지 않는 걸 불평한다.

마박이는 내가 미용실 간다고 하면
제발 K-아줌마 파마만은 하지 말아
달라며 부탁한다.

20년 단골 미용실에다
나이가 들어서
더 이상 긴 머리가 어울리지 않으면
말해 달라고 했었다.

때가 왔다.

이뻐지려고 머리를 자르던 시절을 지나,
'나이가 들어서' 머리를 자르게 되는구나.

사회질서를 어지럽히지 않을 만큼만,
'긴 긴 머리'를 '짧은 긴 머리'로.

뒤에서 보고
아가씬 줄 알았다가,
앞을 보고 깜짝 놀라게 할 순 없지.
80퍼센트 이상이 머리빨이었는데
외모, 이제 너를 놓아준다.

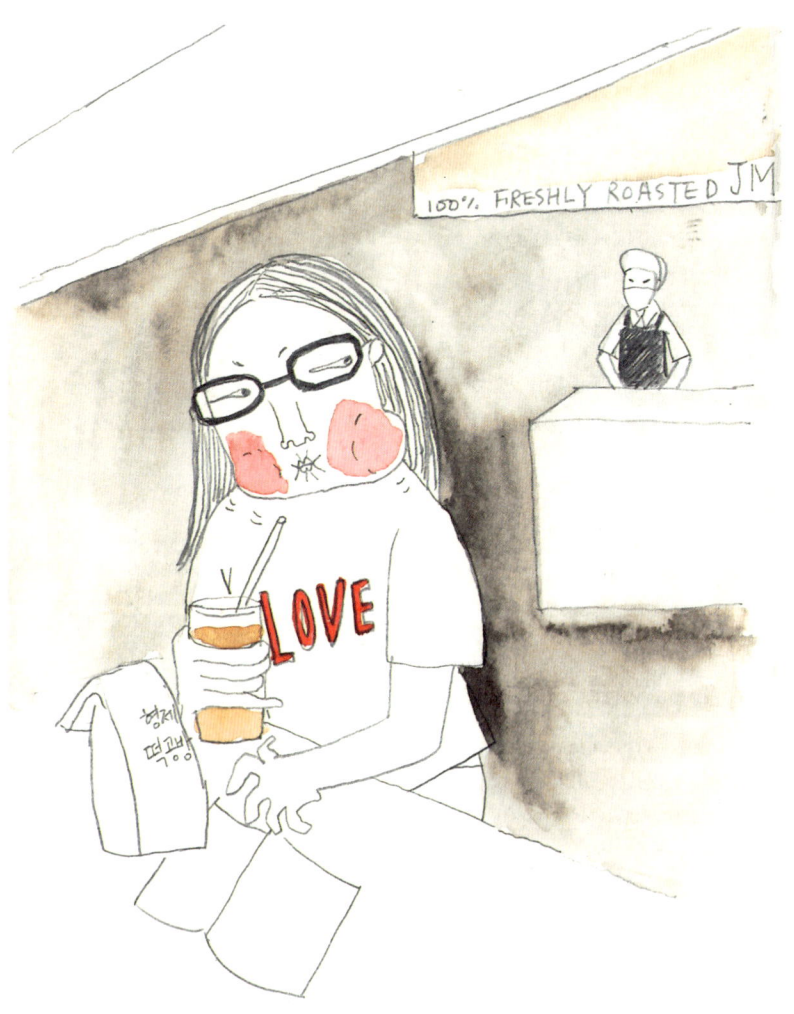

오, 나의 그리운 떡

독일에 있는 동안,
떡이 그렇게 먹고 싶었다.

신세계 백화점에서
가래떡, 흑임자 호박떡, 참깨 송편을
샀는데 다 먹을 수나 있는 건지.

JM 커피에서 흑당라테를 주문하는데
총각이 귀신같이 알고
외부 음식은 취식이 안됩니다
라고 했다.

흠칫했지만
응, 응, 일단 동의하고
멀찌감치 등 돌려 앉아서
참깨 송편을 입안에 톡 넣었는데
그 총각과 눈이 딱 마주쳤다.
그래도 몰래 하나 더 먹었다.

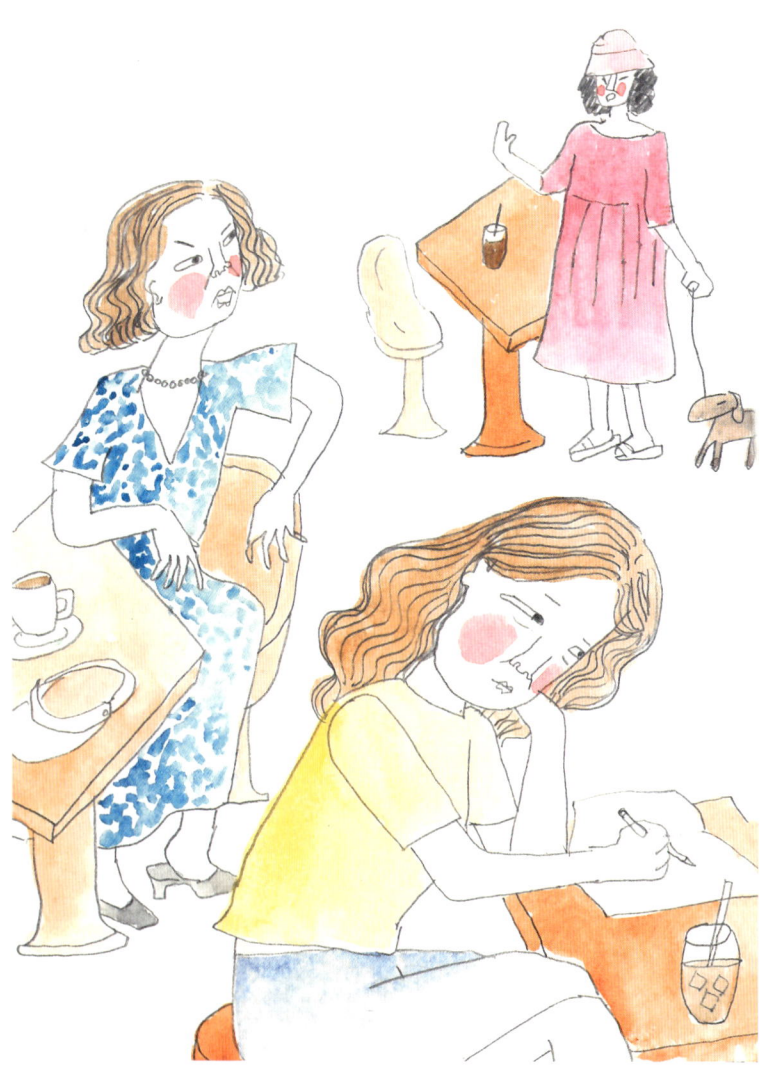

부산 카페의
어느 여사님

어, 수진아. 니 여 웬일이고?
얼굴 좋아뷔네.
휴가는 갔다 왔나?
신랑 암 수술은 잘 받았나?
워낙 사람이 밝아가,
잘 견딜끼다.
암 걸리면 처음엔 잘 버티다가
5차, 6차 이래 가삐면
장사도 못 배기거덩.
내는 이번에 교토 갔다 왔다 아이가.
너머 좋더라.
가을 되면 또 가고
내년 봄에 또 갈라 안카나.
금각사, 은각사, 거 가봤나?
이머시기고 박머시기고,
그거 다 삐낀 거 같재, 그쟈.
마, 먼저 삐끼는 놈이 임잔기라.
내는 교토 갔다 오자마자
공 치고 해서 몸살이 났다 아이가.
이 앞에서 마사지 받고,
내 커피 한 잔 마시고,
인자 일날라꼬.

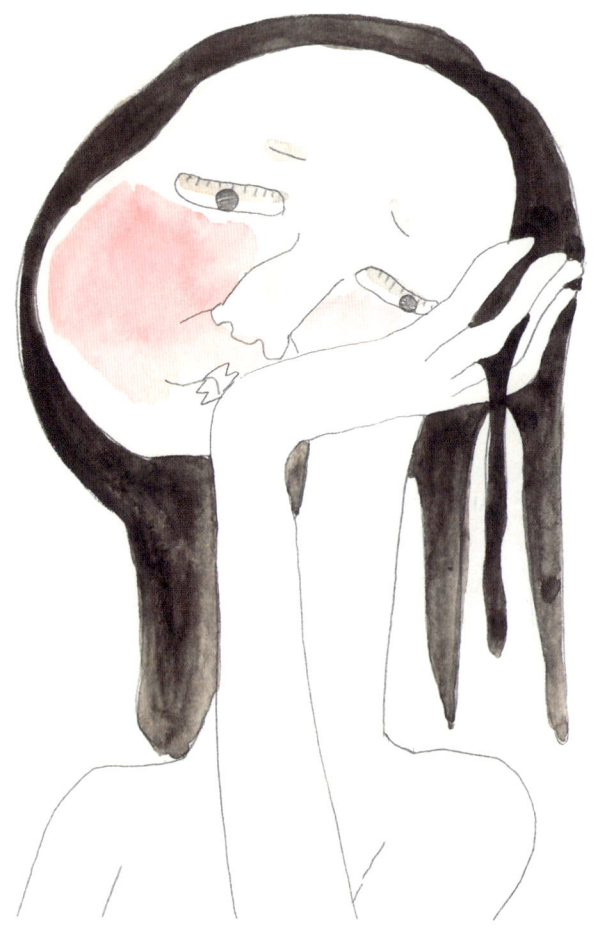

이곳 또한
집이 아니다

오늘, 좀 기운이 빠지는데
마박이가 전화로
"너무 걱정하지 마라."
말해줘서 좀 힘이 난다.

독일에 있으면,
한국에 없는 내가 걱정이고.
한국에 있으면
독일에 있는 니가 걱정이다.

여기서도, 저기서도
이방인인 나는 어디쯤에
진짜로 살고 있는 걸까?

신발 끈을 단단히 매고
출발선에 다시 선다.
이 나이에 또.

모든 시작은 두렵다.
아무것도 보이지 않는 곳에 서서
어디로 발을 디뎌야 할지 모르지만,
그 끝을 나는 항상 안다.

나는 두려운 것이 아니라,
최선을 다하고 싶은 거다.
두 세계의 중간 어디쯤에서.

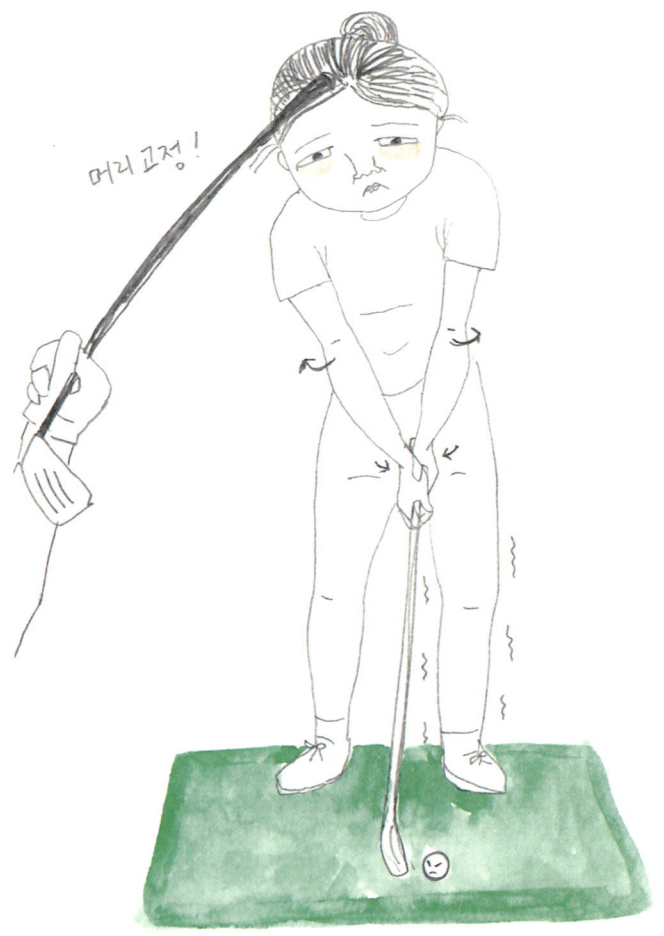

머리 고정!

친절한
원 포인트 레슨

한국 온 김에
근처 연습장에서 오만 원 주고
골프 레슨을 받았다.

"왼쪽 무릎으로 버티고
백스윙할 때 팔을 올리지 말고
몸을 꼬아서 풀면서
다운스윙 해라.
공을 끝까지 보고
오른발이 돌지 않은 채
왼 다리에서 공을 쎄려라.
틸트각을 주고
팔꿈치를 모으고
다운스윙할 때 오른 팔꿈치를
배에 가깝게 붙이고,
임팩트 후 빨리 돌아서
고개를 바로 세우고
피니시를 피니시 해라."

뭔 소린지 내 참.
어지러움과 구토 증상이 와서
휴게실에 20분 누워있다 왔다.
원 헌드레드 포인츠 레슨이라고 하지.

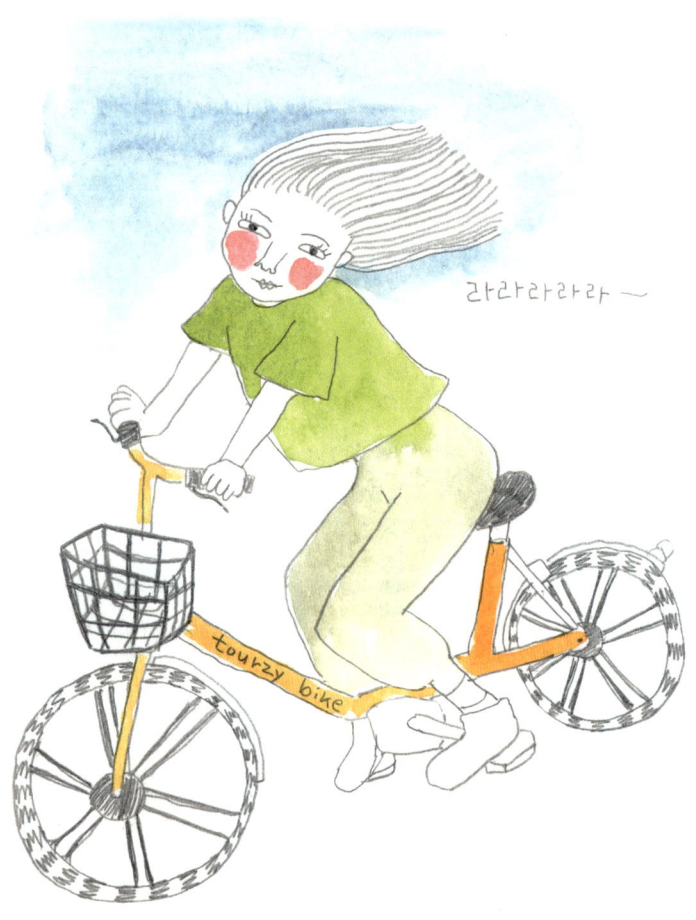

라라라라라라 ~

꿈도 야무지다

일요일 아침에
공유 자전거를 타고
기장 공수마을에 있는
브런치 맛집 모닝베어에
갈려고 앱을 깔고
결제를 했다.

사람 없는 해안길이라
괜찮을 줄 알았는데
비틀비틀
아예 출발조차 할 수 없었다.

나는 자전거를 못 타는
사람임을 빨리 깨닫고
5분 만에 반납하고
걸어서 갔다.
의도는 좋았다.

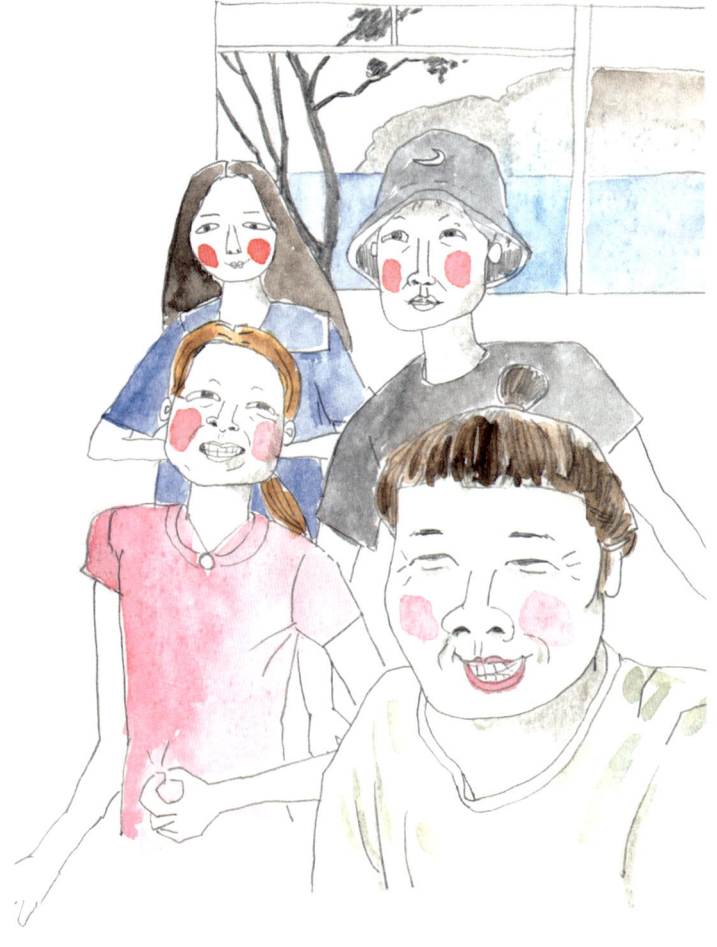

가까이,
때로는 더 멀리

전국 각지에 사는
자매님들이 놀러 왔다.

가족이란,
애증이 뒤죽박죽 얽혀 있어
온다 하면 귀찮고
간다 하면 서운하다.

오랜만에 봐도 한 번은 꼭 싸운다.
남한테는 사근사근 말하며
끝까지 인내하면서도,
가족한테는
바로바로 막말이 튀어 나간다.

타국에서 이해받지 못하고 살다 보니
'공감'이란 게 더 절실해졌다.
가족이라는 사람들이
나를 이해 못 해주면
금방 우주에 버려진 기분이 든다.

안녕, 모두들 잘 가라.
다음에 또 보자.

나는 나로, 다시 돌아간다.
아니, 그런 척한다.

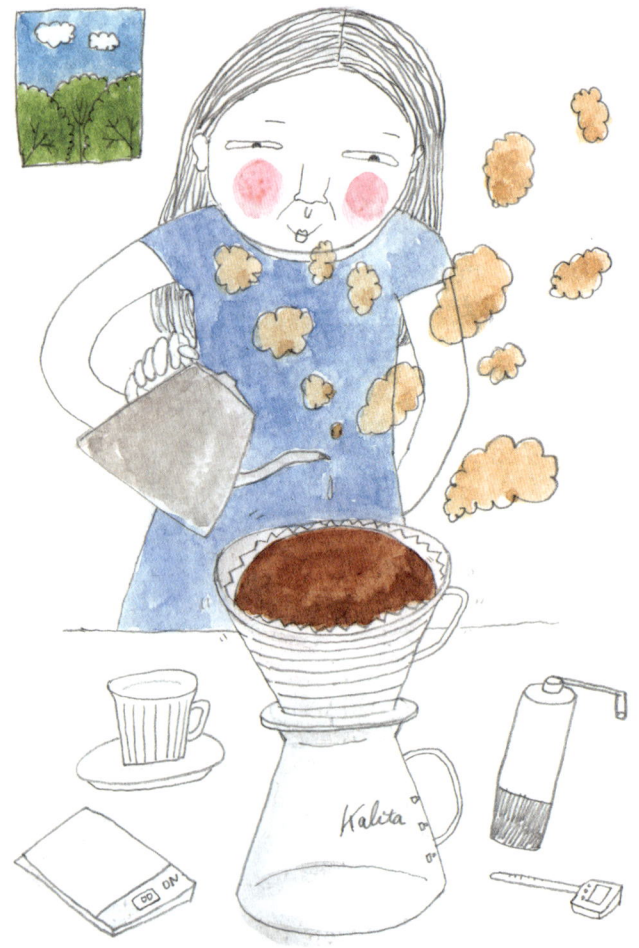

하루 세 번의 성공

하루의 첫 번째 성공은
이부자리를 정돈하는 것이라고 한다.
밤새 침대에서 널뛰기라도 한 건지
찌그러지고 구겨진 베개와 이불.
호텔에 들어갔을 때
딱 보이는 정갈한 침대처럼
사각 반듯하게 정리하고 나니
너무 쉽게 성취감이 들어서 좀 놀랐다.

내 두 번째 성공은
그분을 만나는 것이다.
경망스럽게 먼저 가서 앉으면 안 된다.
그분은 늘 신호를 주신다.
무던하게 기다려야 한다.
보채고 떼쓰면,
"다음에 보자." 하신다.
부르시면,
지체 없이 달려가라.
가벼운 읽을거리를 들고 간다.
심각한 내용이나 너무 재밌어도 안 된다.
그러다 다리에 쥐만 나고
그런 날은 하루 종일 그분이 보고 싶다.

굳이 세 번째 성공까지 읊자면,
커피빵을 만드는 것이다.
빵집에서 파는 빵이 아니라,
커피가루가 빵처럼 부풀어 오르는 것.
꼭 신선한 원두를 써야 한다.
경건한 의식을 치르듯,
물도 지극정성으로 조심조심 부으면,
어떤 날은 커피빵이 봉긋하게 올라와 준다.
와, 성공이다.
성공,
그거 별거 아니네.

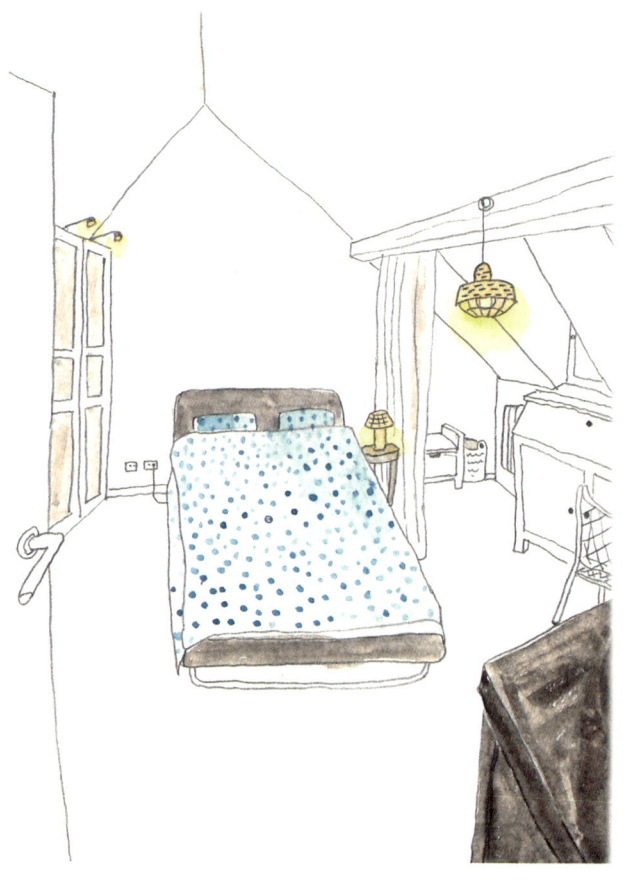

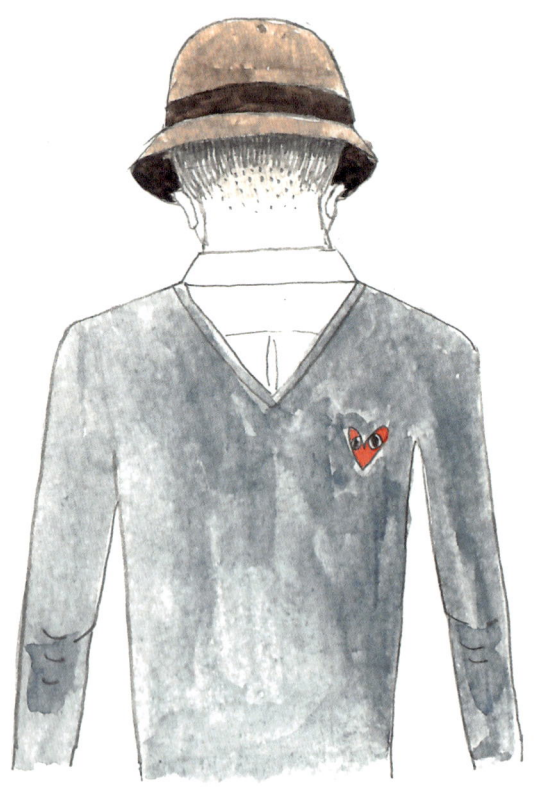

첫 번째
철컥 소리를 듣다

마박이가 어느 날 갑자기
더 이상 나를 사랑하지 않는다고 했다.

누구는 너 엄청 사랑해서 같이 사는 줄 아나.
너랑 살면서 내가 쌍욕을 터득했다.
욕 없이 살 수가 없다 내가.
그런 말은 속으로만 하고,
내가 더 잘하겠다고 매달렸다.
내가 누나잖아.

우리 젊은 마박이는
사랑의 형태가 변하는 것을 몰랐다.
진한 키스를 오랫동안 안 해도, 더 이상 설레지 않아도
또 다른 사랑이 소리 없이 이미 와 있다.
이제는 '우리'를 더 사랑하게 되었다면서.

사랑이 식으면 연민으로 살라 한다.
사랑이 없는데 연민은 무슨 연민.
그것도 그냥 사랑 아닌가?
나는 더 자주 웃었지만 계속 슬펐다.
처음 서로 진짜 속을 털어놓았다.
그렇게 다시 사랑하는 법을 배운다.

그때, 커다란 톱니바퀴 두 개가 처음으로 맞아 구르며
'철컥'하고 소리를 냈던 거 같다.

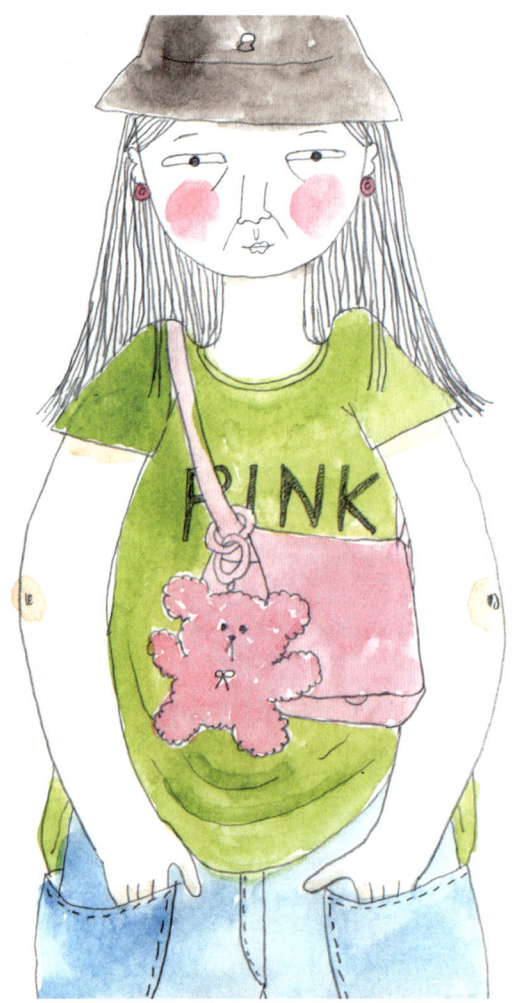

한 맺힌
핑크공주

내가 막 태어났을 때,
엄마는 하도 속상해서
우는 내게 젖을 물리지 않았다고 했다.
그 심정은 이해 간다. 나 같아도 그랬겠다.
아들 귀한 집에 네 번째 딸이라니.

아들딸 구별 말고
둘만 낳아 잘 기르자던 시절에,
남자아이에게 터를 판다고 하여
내 머리를 빡빡이로 밀고, 선머슴아처럼
남자 옷만 입혀 남자아이로 길렀다.
지금 생각하면 아동학대다.
성공은 했다.
세 살 터울의 남동생이 생겼다.

어렴풋이, 내 까까머리가 기억난다.
어린 마음에도 꽤나 충격적이었던 것 같다.
설마, 아들 하나 더 낳을 생각으로
다섯 살까지 그렇게 키운 건 아니지?
나 왜 기억나지?

그런 헛헛함에서 온 병일까.
나는 핑크병에 걸렸다.
나이가 아무리 들어도,
핑크만큼은 절대 포기하지 않을 테다.

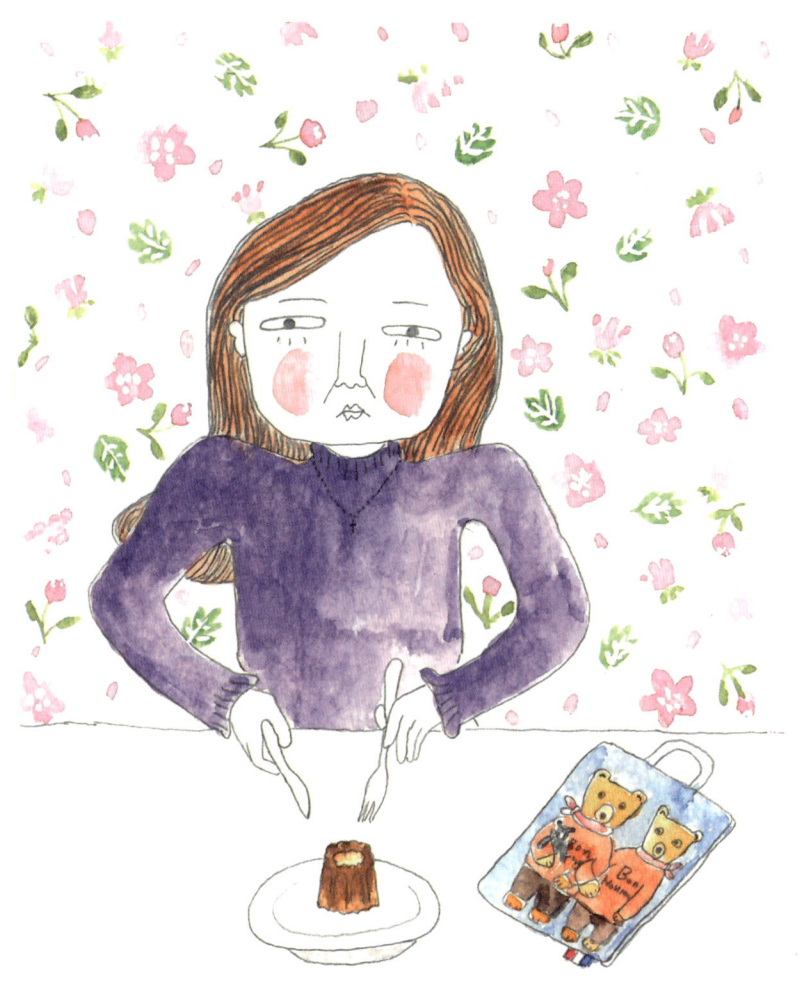

까눌레는
바닐라맛

까눌레는 이렇게 작지만,
꼭 누군가와 반쪽씩
나눠 먹어야 할 것 같다.

캐러멜, 말차, 초코, 흑임자, 얼그레이.
베스트는, 역시 바닐라맛이지.

프랑스 수녀님들이 풀빵을 만들려다가
깜빡해서 태워버렸는데,
그 맛이 꽤 괜찮아서
계속 깜빡하시기로 한 게 아닐까.
혼자 상상해 봤다.

누가 그러더라
똥*멍처럼 생긴 과자라고.
그러고 보니,
좀 그렇다.

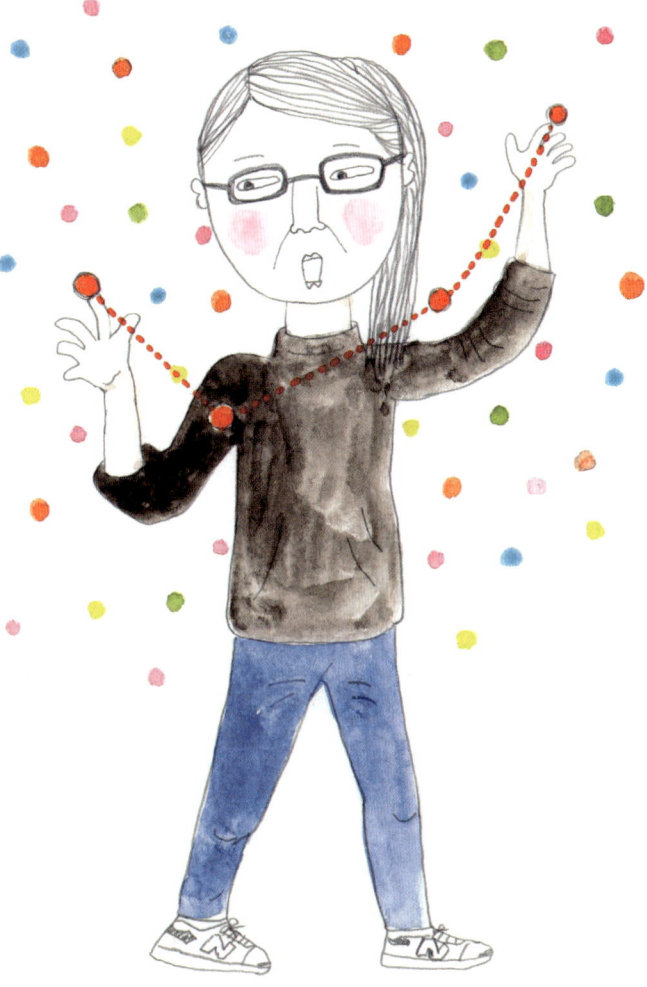

그때
우리가 찍은 점들은

글을 쓰고 싶어 국문과를 갔는데,
"문학이란 무엇인가"
교수님이 칠판에 적으시는 걸 보고
옆방 일본어과로 넘어가
일본어 공부를 시작했다.

일본 수입 관련 일을 하다가
동일본 대지진이 터지는 바람에 망해서
주택담보대출을 내서 먹고살며
3년 동안 영어 공부만 했다.
영어 회화 좀 해보겠다고 외국인들과 놀다가
마박이를 만나 독일에 살게 되었다.

가끔씩 만나는 친구가
너는 일본어를 공부하더니
다음엔 영어를 공부하고
또 독일어를 공부하네 했다.

한 우물만 파라 했지만,
점을 이으면 선이 되고
하나의 길이 된다.
우리가 찍은 점들은
우리를 또 어디로 보내 버릴지
아직은 모른다.

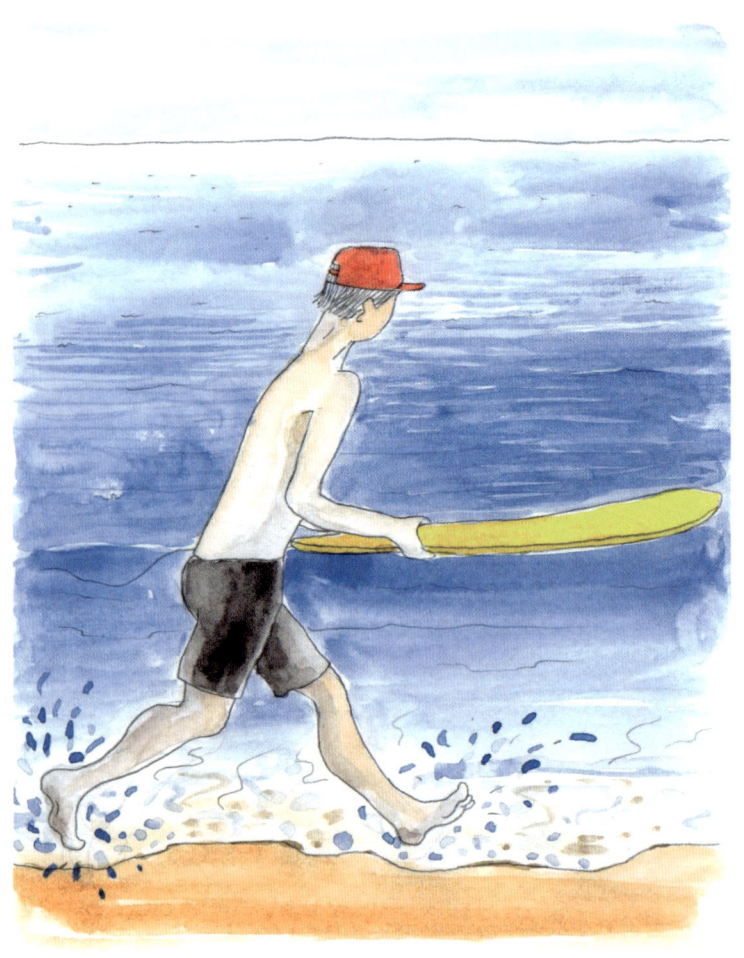

바닷가를
뛰는 남자

송정해수욕장을 지나가는데
해변에 한 남자가
서핑보드를 들고
바다를 계속 응시하고 있었다.

오늘 바다는 파도도 없고
호수처럼 잔잔한 물결만 일 뿐인데
어떤 타이밍인지
보드를 물가에 던졌다가
자빠졌다.
또 자빠졌다.
또 자빠졌다.

다시 가만 서서 바다를 한참 바라보더니,
보드와 몸을 물속에 던지기 위해
속도를 높여 뛰기 시작했다.

절묘한 찬스를 맞이한 그의 발은
첫 비행을 위해 땅을 차오른
레이산 앨버트로스의
마지막 발돋움을 닮았다.

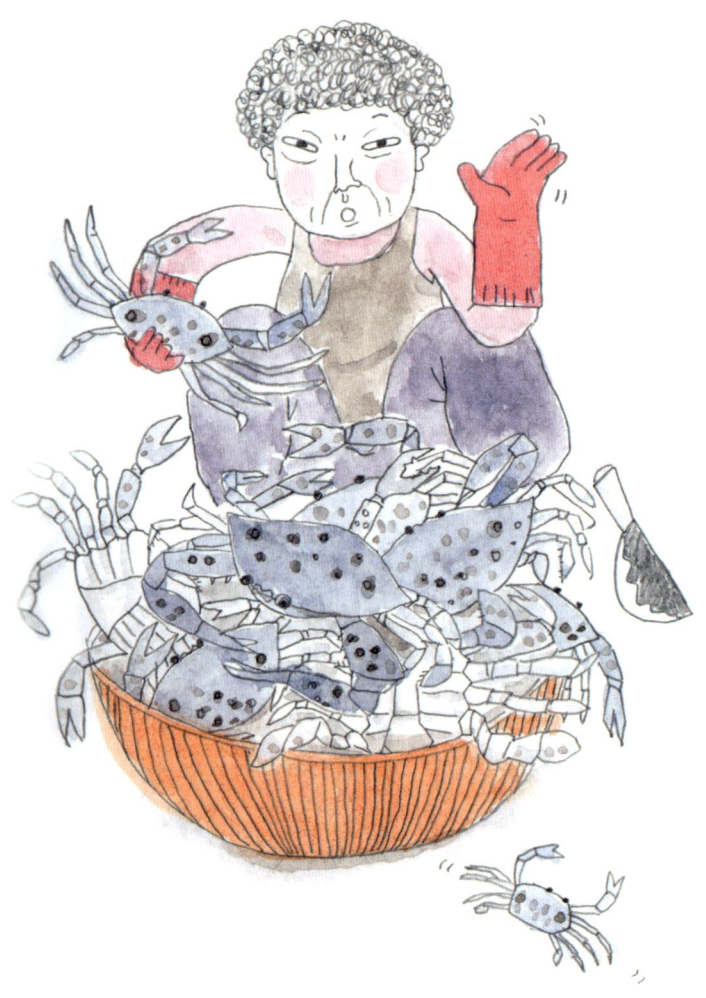

토영 사람 아이가

통영 사람은
통영 사람을 '토영 사람'이라고 한다.
바닷바람에 반건조된 생선처럼
꼬닥꼬닥하고,
뭘 짜매도
단디 짜매는 사람들이다.

통영 서호시장에 말린 생선을 사러 갔는데
노상에 앉은 할머니가
"내 께 좀 사가라, 오늘 장에 사람이 없다."
라고 손에 식칼을 들고 말했다.
얼른 작은 게 한 소쿠리를 만 원 주고 샀다.

물건을 이리저리 뒤적거리면
"안 살 끼면 매착없이 만지지 마라." 하고
"좋은 놈으로 주세요." 하면
"고마 있어라, 나 알아서 줄끼다." 한다.
싸우자는 말이 아니니
"네." 하고 가만있는다.

한번은 토영 사는 남동생에게
옥돔 좀 구해달라 부탁했는데
중앙시장 골목을 다니며
옥돔을 물어보자 한 할머니가
"어데 귀한 사람 줄 낀가 배?" 하며

저 뒤로 가더니 참가자미를 꺼내 오더란다.
손바닥만 한데 참 달고 귀한 맛이었다.

토영.
그 이름만 생각해도
생선비린내가
코끝에 살포시 닿는다.

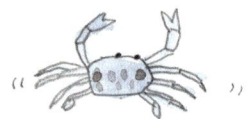

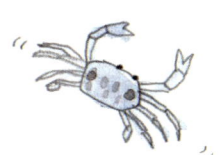

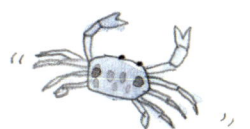

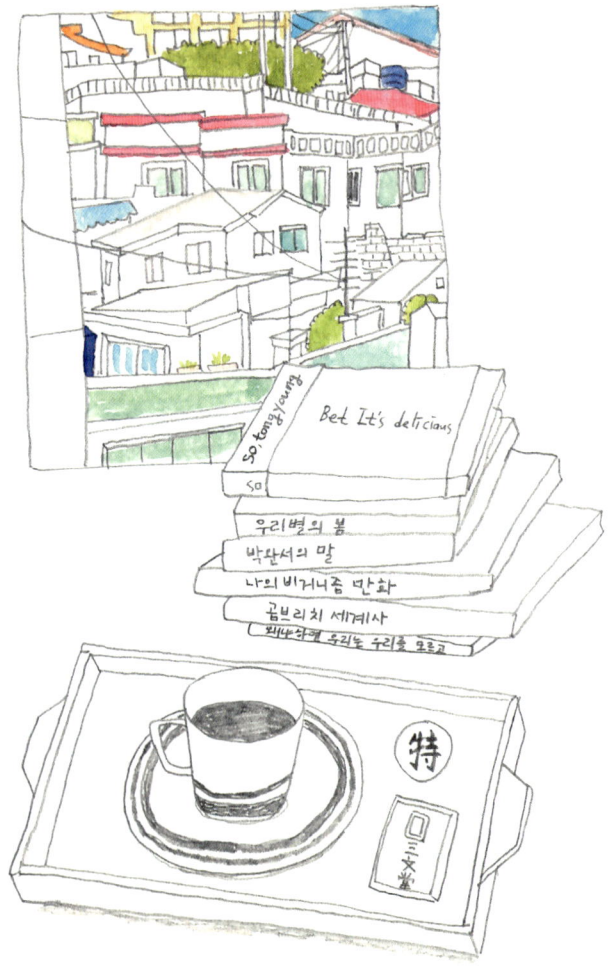

So. tong-young

Bet It's delicious

So

우리별의 봄
박완서의 말
나의 비거니즘 만화
곰브리치 세계사
핀란드에 우리는 우리를 모르고

特

口三文堂

특별할 특(特)
삼문당 커피

통영 커피 마시러 삼문당에 왔다.
주인장(토영 사람) 오늘 매우 친절하다.
손님이 많아서 그런가.

비가 와서 살짝 눌러진 마음을
살살 흔들어 풀어주는 인디 음악.
좋은 일 있어 보이는 주인장.
실내가 바깥보다 살짝 업돼있어
나도 금세 기분이 좋아졌다.

통영집들이
차곡차곡 쌓여있는 풍경 앞에 앉아,
시그니처 통영 블렌드를
연하게 부탁했다.
알아서 내려준다더니(역시 토영 사람)
마시고 나니 위가 살짝 아파
알긴산을 얼른 짜 먹었다.

삼문당에 오는 또 다른 이유는
이상하게도 주인장과 책 취향이
겹쳐서 주인장의 책장에
볼만한 책들이 많다는 거다.
아예 책장 사진을 찍어서
다음에 와서 읽을 책을 정해두었다.

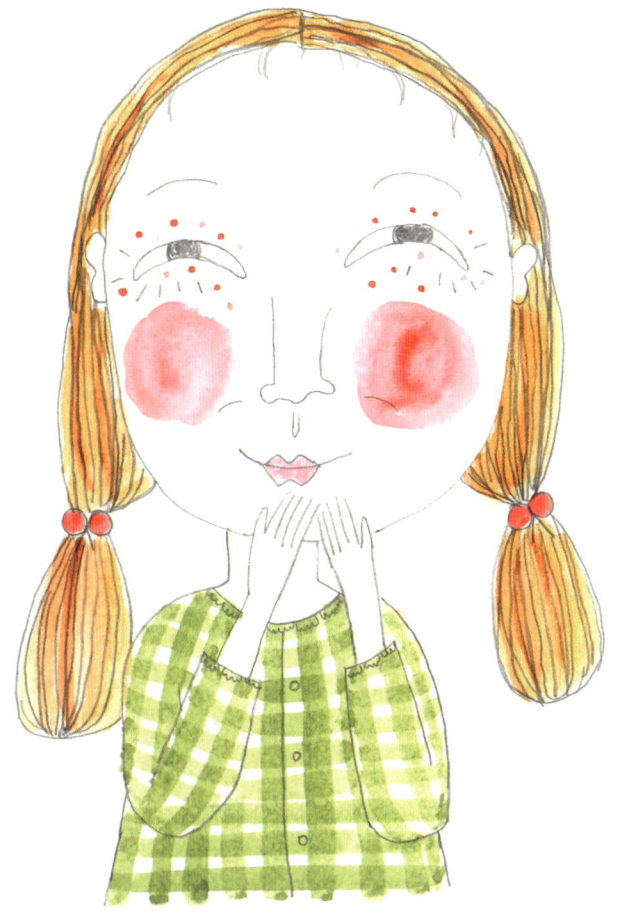

귀여울 리가

어머나,
기미가 듬뿍 올라왔네.
귀여워라.
그럴 리가.

여름 땡볕에도 몇 시간씩 일광욕하시는
60대 독일 시아버지가
요즘 부쩍 외모에 신경을 쓰기 시작했다.
어느 날 나를 불러서는
젊어 보이는 비결이 뭐냐고 묻길래,
선크림을 사다 바르라고 했다.

얼굴 하얀 60대 연예인 최 씨는
집에서도, 비 오는 날에도
선크림은 꼭 바른다고 한다.

뉘른베르크 시내 백화점에서
시아버지 선물로
얼굴에 바르는 선크림을 사려는데,
아무리 찾아도 없었다.
직원이 그런 제품은 사는 사람이
아무도 없어서 안 판다고 했다.

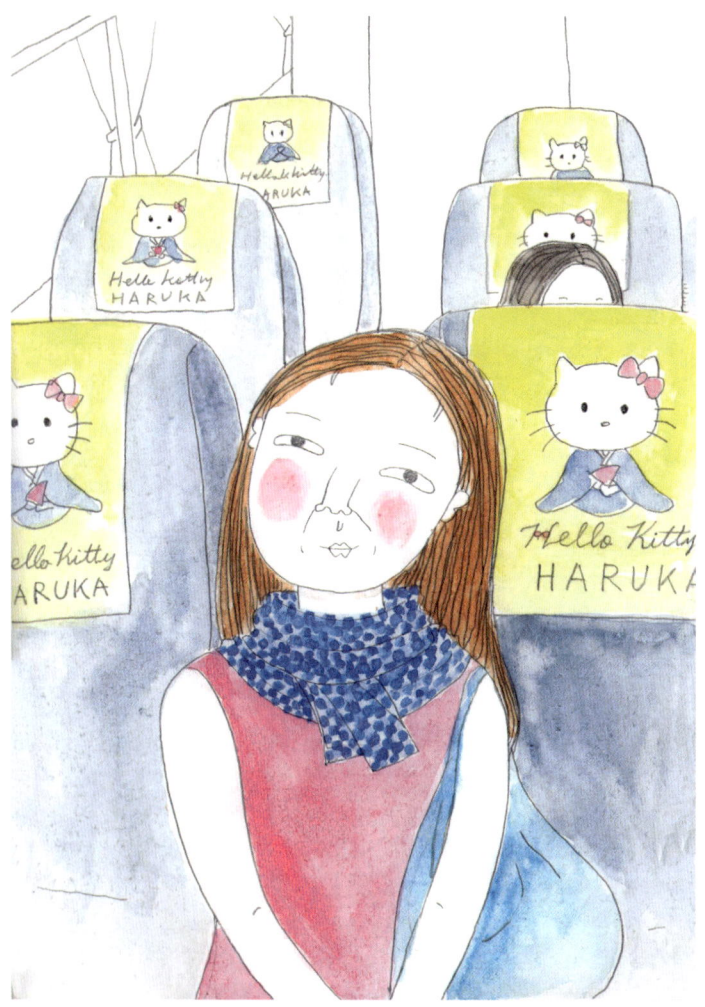

이미 교토에 와 있는데
또 교토에 오고 싶다

교토에 정말 오고 싶었는데,
보고 싶었던 것이 눈앞에 널려 있는데도
그다지 기쁘지가 않다.
감정이 무뎌진 걸
괜히 나이 탓으로 돌려본다.

헬로키티는 입이 없어서
슬픈 사람이 보면 슬퍼 보이고,
기쁜 사람이 보면 기뻐 보인단다.

내 얼굴은 입이 있는데,
기뻐서 웃는데도
기쁜 건지 슬픈 건지
잘 모르겠는 표정이 된다.
너무 오랫동안,
입도 표정도
마스크 안에 감추고 살았구나.

이미 여기 와 있는데 또 오고 싶다.
독일로 돌아가면 너무 멀게 느껴질 테니까.
전에 갔던 서점에 다시 가보고,
먹어본 것이 생각나 또 먹어둔다.
새로운 곳을 찾아다니는 설렘보다
익숙한 곳으로 다시 돌아오는 여행이
더 힐링이 된다.

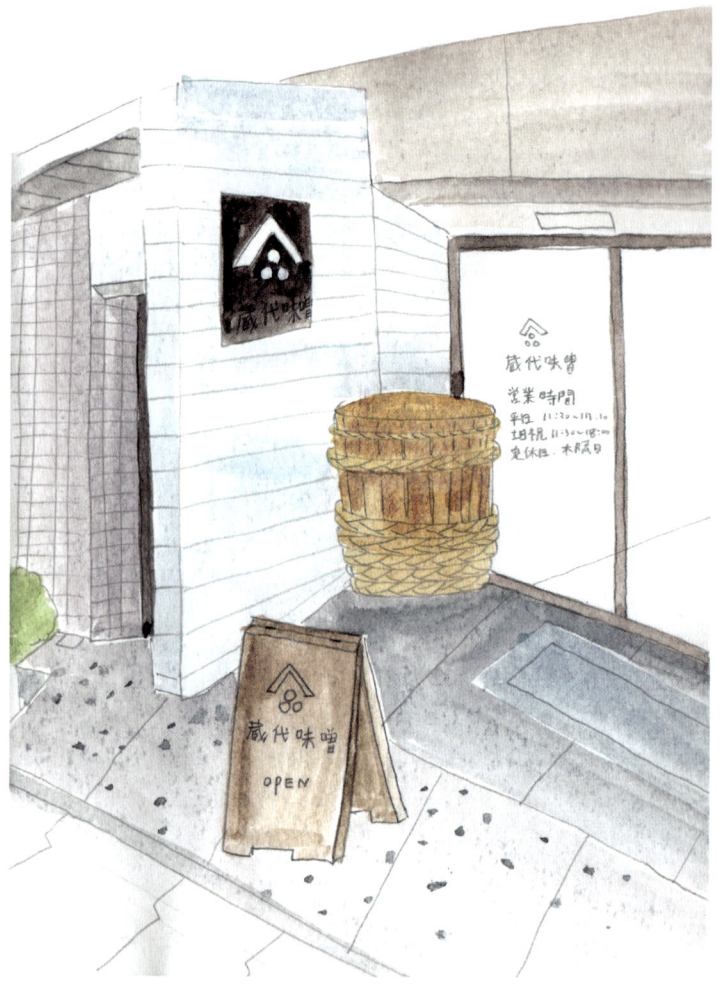

록카쿠 거리의
된장 파는 가게

요즘 미소 된장국에 꽂혀서
된장 좀 사볼까 하고
록카쿠(六角) 거리에 있는 가게에 들렀다.

일본지역을 대표하는 된장들이
냉장고에 가지런히 진열되어 있었다.

어찌하여 콩은
이리도 다양한 색과 맛을 내는 걸까?
맛은 어쩌면 우리가 생각하는 것보다
훨씬 더 '복잡한 경험'인지도 모른다.

콩들은 오랜 여행을 했다고 했다.
섬의 남쪽, 북쪽 어디에서 왔고
해와 달과 별들의 공손한 인사를 받았으며
몇 번이나 큰 태풍과 지진도 견뎌냈고
콩을 따고 삶고 메주를 쑤며
사람들이 하는 푸념과 기도를 들었으며
이 기다림이 하나도 지루하지 않았다면서.

네모반듯하게 자리 지키고 앉아서
저마다의 긴 사연을 쫑알쫑알쫑알.
나 처음 독일에 살러 갔을 때

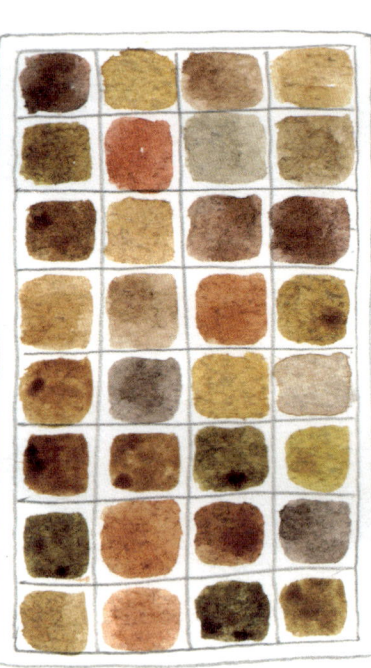

독일어학원에 얼굴색이 조금씩 다른
수십 명의 이민자처럼.

색깔만 보고 맛을 상상해서 몇 가지 사 왔다.
어쩌다 여행 온 나를 만나 한국으로 독일로
몇몇 맛은 나를 따라 여행을 계속할 참이다.

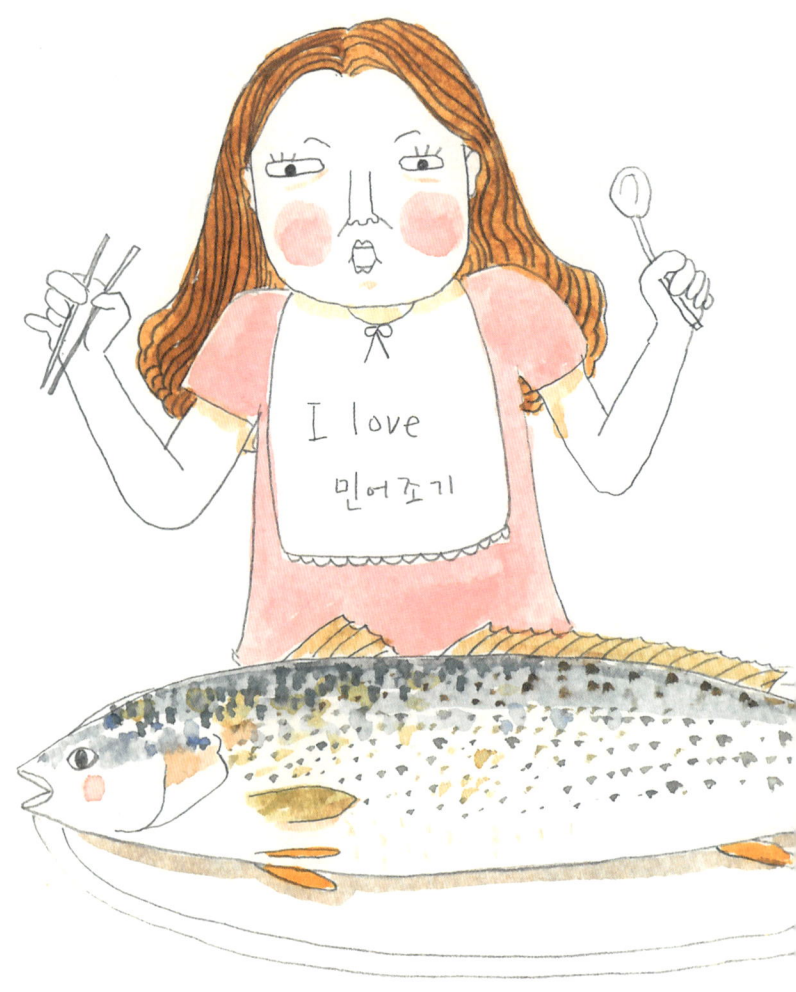

너 조인성
민어조기지?

엄마가 부전시장에 가서
민어조기를 나 준다고 사 왔다.
민어조기가 크기도 엄청 큰 데다
인물이 참 좋았다.

엄마는, 너 줄라고 뭘 살라치면
항상 좋은 게 걸리더라며
니는 그런 복이 있다 했다.
예전부터 새 밥 딱 지어 놓으면
내가 밥 먹으러 온다고 했단다.

먹을 복이 따로 있는 게 아니라
엄마의 초능력 아니겠나.
귀하게 여겨주니까
귀한 것이 내게 오는 거겠지?

인성아(민어조기)
너도 나한테
와줘서 고맙데이.

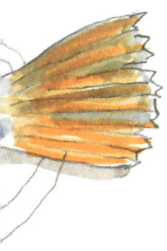

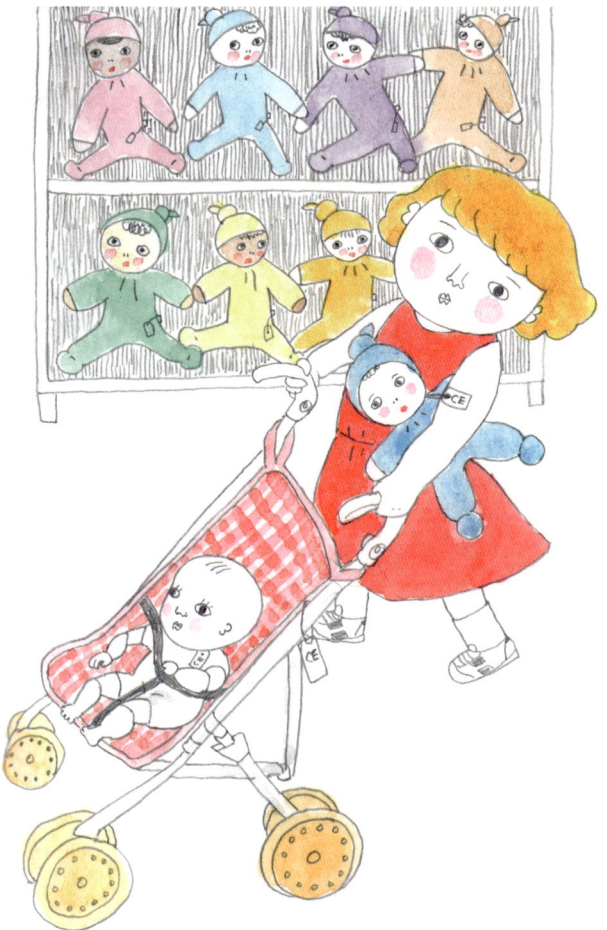

세상의 모든 아이들

마박이 동생네가
둘째 아이를 임신했을 때,
시댁 식구들이 모여 함께 식사를 했다.

일부러 그런 건 아니겠지만,
독일 동서가 허리 꺾어지게 등을 뒤로 젖히고
배를 있는 대로 내밀고 소파에 기대어
가진 자의 여유를 부리는 모습을 보고는

그냥 잘 먹어서 불룩한 내 배 한번 쳐다보고
그 누구도 뭐라 안 하는데
혼자서 괜히 패배자의 심정이 되었다.

내 옹색함은 아무도 눈치 못 채게
연신 웃는 얼굴로 덮었다.
여자 속을 알 턱이 없는 마박이는
그저 첫 조카가 이뻐서 물고 빨고.

그래서 결심했다.
나는, 이 세상 모든 아이를 사랑하겠노라.
이 마음만으로도 내 안에
사랑 주머니가 하나 더 생겼다.

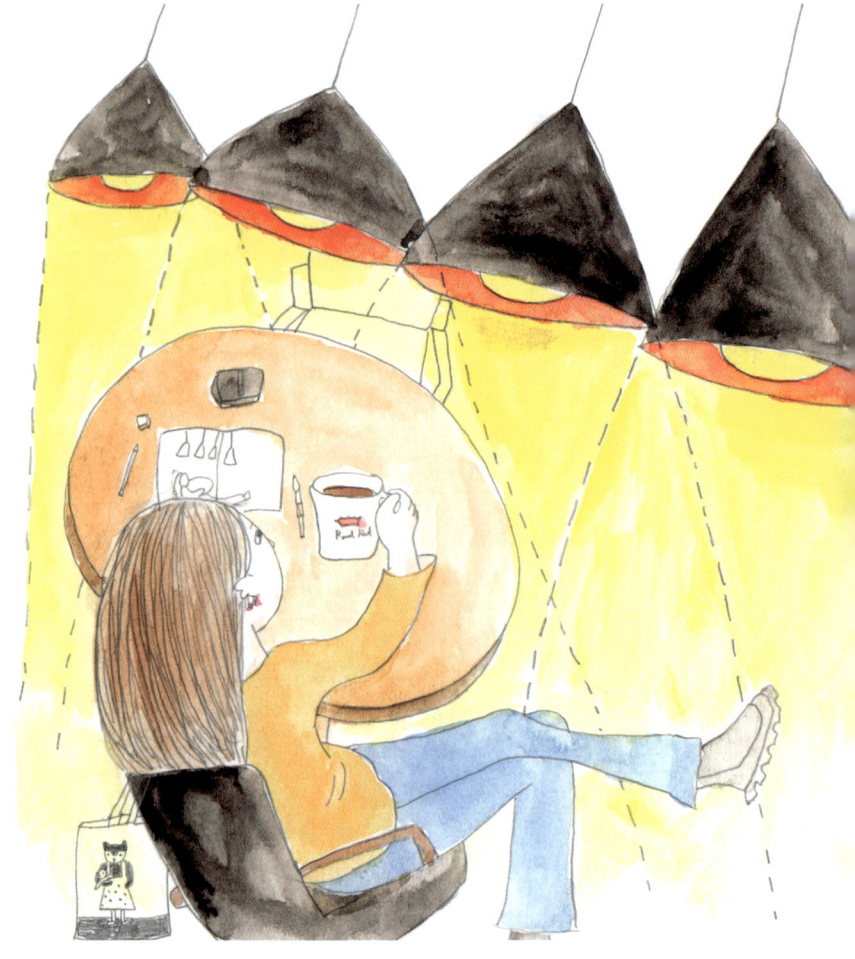

떠나는 것은
돌아온다는 약속

프랑크푸르트행 비행기 타기 전날 밤
폴 바셋 영종도 파라다이스시티점에서
디카페인 커피 한 잔을 시켜 앉았다.

사람들은 내가 독일에 있으면
언제 오냐고 물어보고
한국에 있으면
언제 가냐고 물어본다.

처음 독일로 이사 갈 때
다시는 영영 못 볼 줄 알고
떠나는 나보다 보내는 사람들이 더 서운해했다.
그래도,
금방 또 볼 사람처럼
헤어지자고 했다.

"나 갈게."
웃으며 손 흔들고 돌아서는데
한 걸음 떼자마자
가슴인지 심장인지 툭, 내려앉았다.

금방 올게 또 보자.
굿 바이.
천장에 등이 많아서
하나도 안 외롭다.

Part 3
다시 독일,
짧은 가을 그리고 긴 겨울

어떤 평안함은 멈춰진 것 같고,
멈추면 넘어질 것 같다.

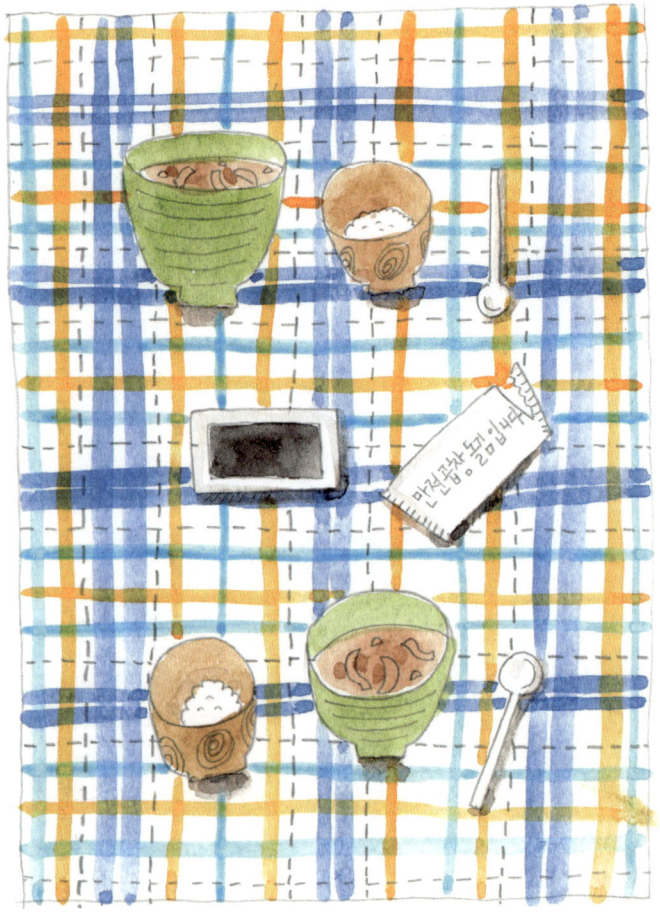

꽤나 글로벌한 만남

두 달 만에 집에 오니
냉장고가 텅 비었다.

통영 중앙시장에서 사 온
멸치로 다시를 내
교토에서 따라온 된장을 넣고
배추된장국을 끓여
신세계 백화점에서 사 온
곱창 돌김과 먹었다.

햇반이 하나밖에 없어
둘이 반씩 나눠 먹었다.

"선생님들, 먼 길 오셨네요."
통영 멸치와 교토 된장에게
뉘른베르크 배추가 인사를 하자
서해안 출신 돌김도 나서서
"처음 뵙겠습니다, 만전곱창돌김입니다."
하고 통성명을 한다.

마박이는 내가 돌아와서
이런 좋은 음식을 먹을 수 있다며,
"땡큐 허니 포 굿 푸드"
라며 울먹였다.

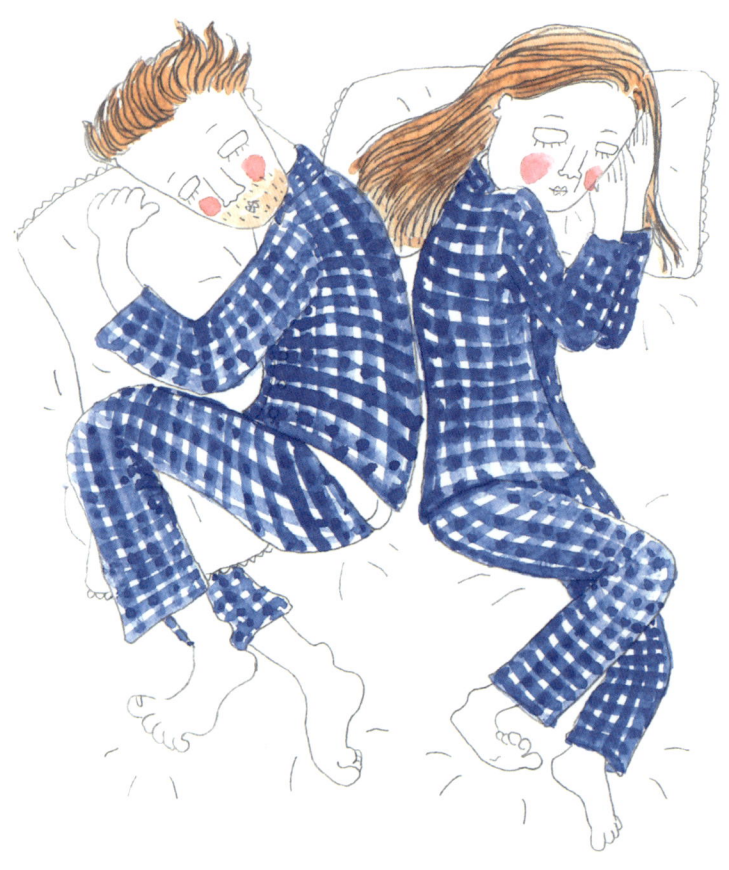

다시 낯설게 함께

오랜만에 집에 돌아오면
집의 정돈 상태나 침실 냄새
이런 것들이 낯설다.
그중에서도 남편이 제일 낯설다.

오자마자
집에 대한 불만을 꺼내면 안 된다.
회사 동료라고 생각하고
살짝 거리를 두고 말해야 한다.
"어머, 생각보다 집 잘 정리하고 지냈네엥?"
입으로는 사랑해, 보고 싶었다 하지만
떨어져 있던 만큼 서로에 대한 신뢰는
아직 확신이 없다.

참을까 했는데
결국, 나도 모르게 입에서 튀어나와 버렸다.
"담배 냄새난다. 집 안에서 담배 피웠어?"
그 말 한마디에
금방 쌩하고 남이 되어
집에 오자마자 그런 소리냐고
욱했다가 자기도 눌러 참는다.

손님처럼 편치 않은 며칠을 보내지만
먹고 자고 먹고 자고를 반복하다 보면
곧 다시 우리가 가족임을 기억하게 된다.

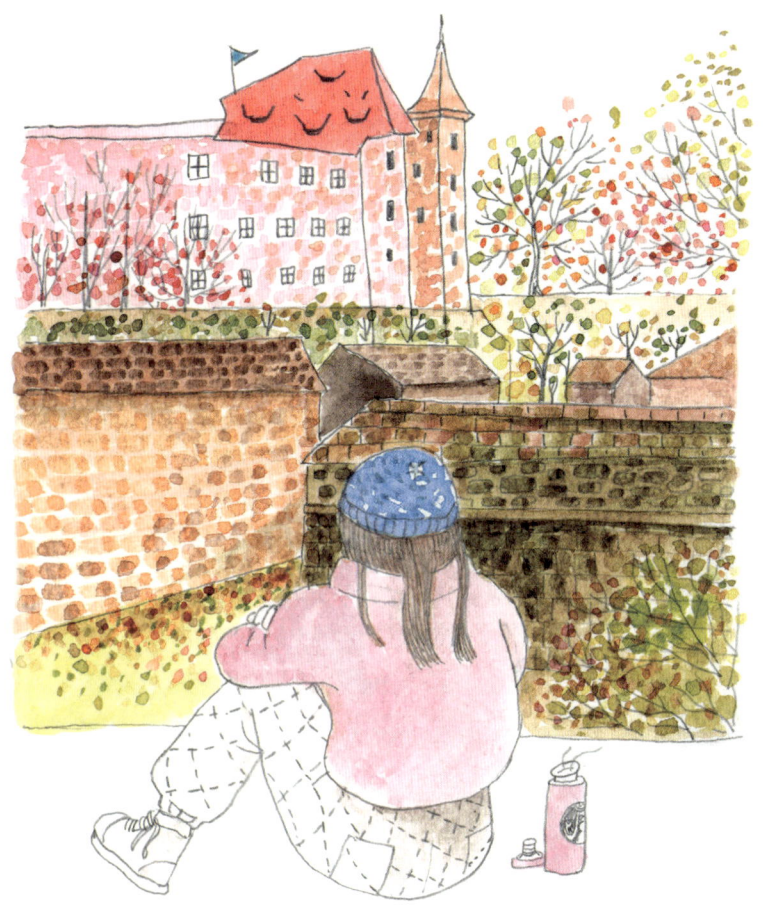

행복을 찾아야 산다

가을이 겨울 문턱을 서성일 무렵,
독일로 돌아왔다.
늙고 아름다운 뉘른베르크의 성으로
다시 돌아와 거울 앞에 선 그 누님.
색색의 마른 잎들이 아직은 매달려
찬바람에 반짝반짝 흔들린다.

가을이 곱게도 들러붙은 성벽은
할 말을 잃게 그저 아름답지만
이곳은 곧 하얗게 눈으로 덮여 사라진다.
마음이 바빠진다.
겨울은 부산에 살던 내게 너무 춥다.

없는 것, 안 되는 것은 생각지도 말고
내가 가진 것들을 봐야 하는가.
어떤 평안함은 멈춰진 것 같고
멈추면 넘어질 것 같다.
없는 것이 갖고 싶고
안 되는 것을 해내기 위해
멈추지 않고 뛰었지.

날은 조용히 더 쌀쌀해지는데
내 행복이 저 어디쯤 떨어져 있으려나
마지막 스러져가는 잎들을 보고 있다가

어떻게 살 것인가
익숙한 질문을 성벽 아래 툭 던져놓은 채
옷깃을 여미고 집으로 돌아왔다.

몸과 마음을 다 바쳐 행복을 찾아야 한다.
필사적으로.

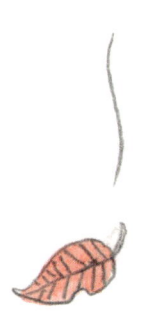

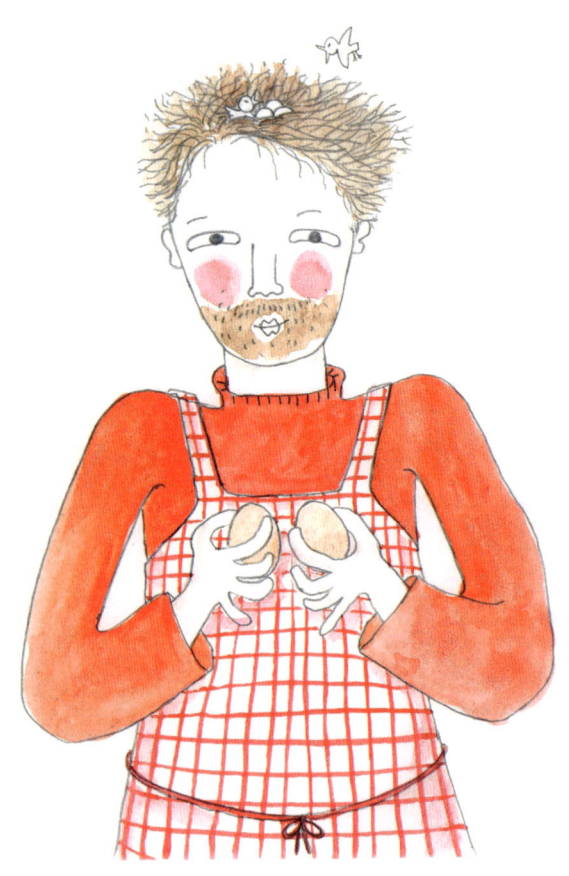

여보,
계란은 어떻게 삶을까?

어쩐 일로 마박이가
아침 식사 준비를 돕겠다며
부엌에 들어왔다.

"계란은 어떻게 삶을까?"
"차에 물은 지금 부을까?"
"빵은 언제 토스터에 넣을까?"
연방 질문을 해대는데
내가 또 버럭 했다.

"태어나서 아침 준비 처음 해봐?
40년 살면서 아침 준비 처음 해보냐고!"

잘못했다가 혼날까 봐 두렵다고 했다.
그래, 그 심정 이해는 한다.
계란도, 차도, 빵도 따뜻하게 먹으려면
적당한 타이밍이 있잖아.
결혼 7년 차가 되도록
그걸 모르고 있다는 게 문제야!

기분 좋게 아침을 먹기 위해
거기까지만 했다.
그렇게 욕을 쳐 듣고도 마박이는
여보 사랑해~ 했다.

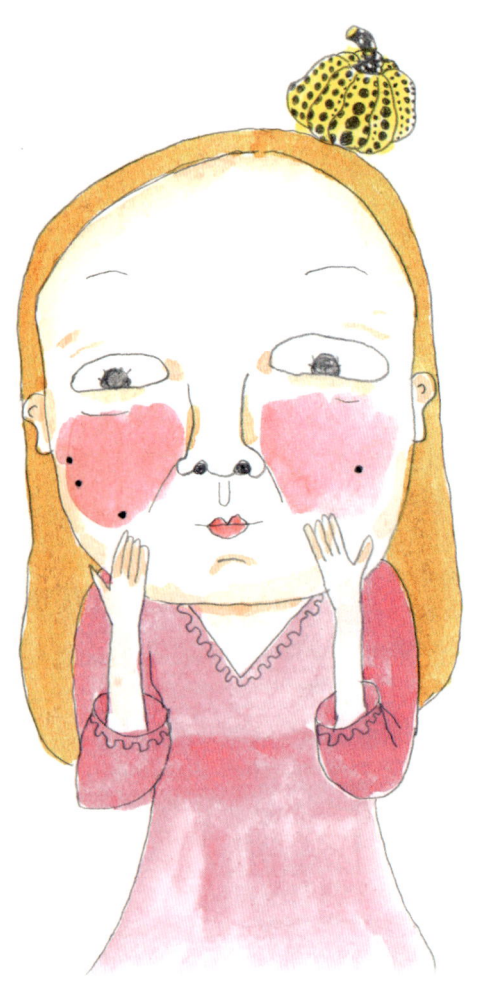

나의 이쁜 점들

얼굴에 점 생기는 게
평생소원이었는데
사과도 오래 두면 점이 생기듯이
나이가 든 덕분에
큰 점이 네 개나 생겼다.

관상학적으로는
볼에 점이 있으면
이성에게 인기가 있지만
그 끝이 좋지 않다지.
한창때 점 네 개 있었으면
아이고, 쑥대밭이 될 뻔.

일본 화가 쿠사마 야요이가
호박에 점을 그려 넣으니
수십억짜리 호박이 되었다.
자외선이 내 얼굴에다
별자리 같은 부호를 심어주어서
나도 내 눈에 이쁜 '점박이'가 되었다.

사람들이 더 잘 볼 수 있게
조금만 더 커졌으면 좋겠다.
더 나이 먹으면
북두칠성도 잘하면 보겠다.

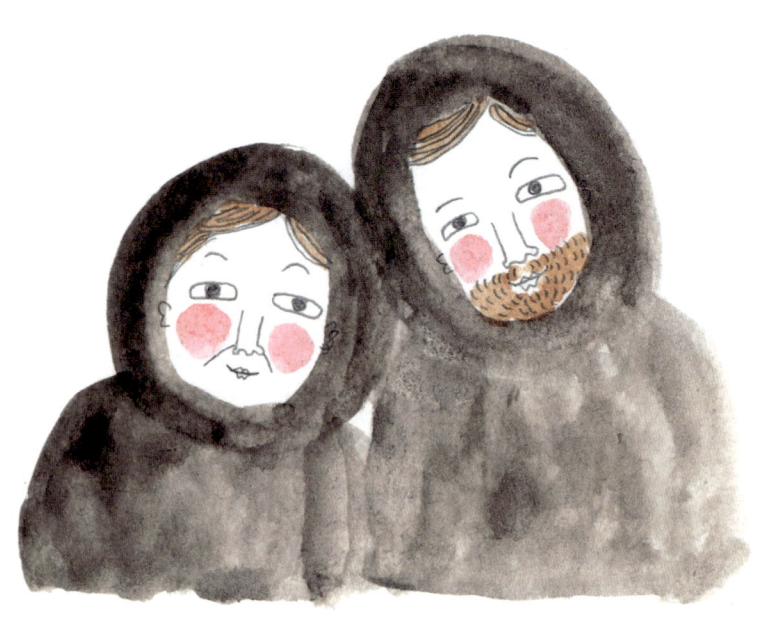

우리는 가족입니다

나는 남편을 좋아한다.
이 철딱서니 없이 눈빛만 반짝거리는 인간.

아하하하하하
하고 큰 소리를 내는 웃음이 좋고
아무 좋은 일이 없는데도
그냥 싱글벙글거리는, 사람 가벼움이 좋다.

혼자 음악 듣다가 좋은 곡이 나오면
같이 춤추자며 내 손을 붙들고
흔들흔들 빙빙 도는 것이 웃기지만
나는 이 유치함이 또 좋다.

기껏 발코니에 서 있으면서
아름다운 곳에서는 키스를 해야 한다면서
눈곱 낀 내 얼굴에 입술을 들이대는
로맨틱할 일에 얼굴 붉히지 않는 뻔뻔함이 좋다.

자기 나라에 제 짝이 없어서
해운대 해수욕장 모래사장에서
바늘 찾는 것처럼 어렵게 서로를 찾아내어
머리 색도 눈동자 색도 다른 둘이
서로 머리를 기대고 조용히 닮아가며
한 가족이 되어서 산다.
내 가족이 되어줘서 고마워.

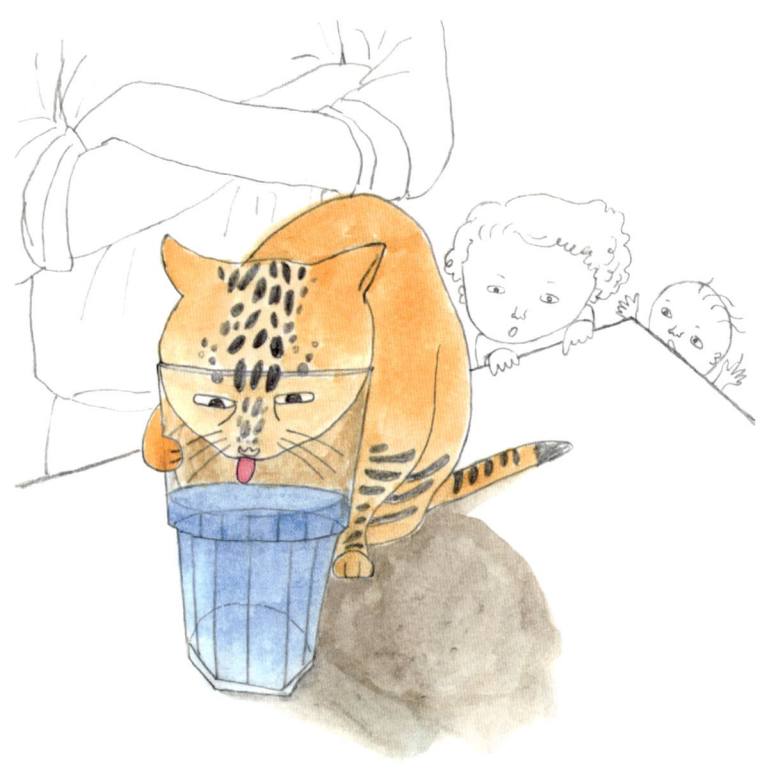

컵으로 마시는
고양이

시동생네 고양이 에멜이
시원하게 물 한 컵 마시더니
언제 봤다고 쓰윽 인사를 하고
내 무릎 위에 턱 하니 앉았다.

고양이 키우는 친구가 말하길,
고양이들이 나를 좋아하는 건
나한테만 나는, 어떤 냄새 때문이란다.
뭔가 만만한 냄새가 나나 보다.

벌써부터 고양이를 키우고 싶은데
여행을 자주 다녀서 돌봐줄 수가 없다.
원한다고 다 가질 순 없다.
다리 힘 빠질 때까지 기다려야 한다.

최근에 펫케어 AI 로봇이 나왔다고 한다.
내가 집에 없어도
로봇이 고양이를 돌봐준단다.
밥 주고 놀아주고 동영상도 찍어 보내 주고
화장실 청소도 가능해질 거라던데.
언젠가는, 여행 가는 엄마 대신 로봇이
아기를 돌봐줘도 비난받지 않는 날이 오려나.
그때쯤엔,
아이들도 로봇 엄마가 더 재밌다고 할지도.

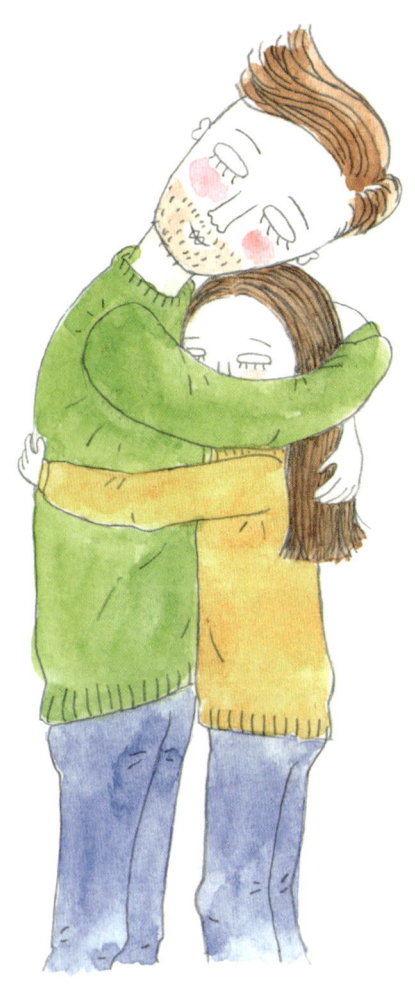

너의 냄새에 대하여

마박이는 내 몸 여기저기 냄새를 맡아보며
어떻게 사람이 냄새가 안 날 수가 있냐고 묻는다.

아시아에서도 특히 한국인은 대다수가
냄새 안 나는 유전자를 가졌지만
유럽인은 단 2퍼센트 정도만 가지고 있다.
게다가 나는 땀을 안 흘리는 편이라
여름에 맨발로 부츠를 신고
100미터를 뛰다 와도 냄새가 안 난다.

연애 초에 몇 개월씩 떨어져 지낼 때
마박이가 입던 티셔츠를 두고 가서
남아있는 냄새로 상실감을 견디었다.
옷에서 냄새가 서서히 날아가면서
충격 없이 현실로 돌아올 수 있었다.

냄새는 내 편을 알아보는
가장 원초적인 방식이다.
원시시대 우리 조상들도 그랬듯
익숙한 냄새로 내 편을 알아본다.
마음이 멀어진 사람에게서는
이미 낯설고 역한 냄새가 난다.

오랫동안 떨어져 있다가 만난 뒤에도
냄새의 기억을 더듬어 다시 그 자리로 돌아온다.

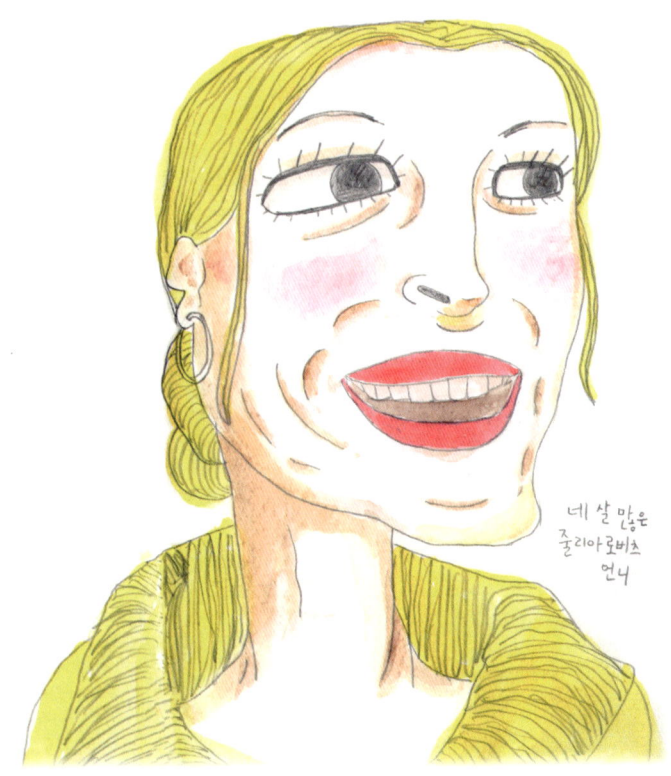

네 살 많은
줄리아로비츠
언니

줄리아 로버츠
언니처럼

조선시대 여자들은 수명이 짧아서
갱년기란 말도 없었을까?

50을 넘기니, 늙는다는 불치병을
갑자기 얻기라도 한 것 같다.

늦은 나이에 임신 노력을 하며
네 자매 중 막내인 내가
공장 문을 제일 먼저 닫았는데
폐업을 하자마자 한 번도 만난 적 없는
빚쟁이들이 받을 게 많다며 몰려왔다.

어지럼증, 고지혈증, 소화기장애,
담적, 위경련, 무릎과 발목 통증,
알레르기, 손목터널 증후군...
참, 오십견도 그 와중에 오셨었지.

젊음을 빚내어 그리 낭비하며 살았던가.
반갑지 않은 손님이 이제는 친구 같고
아픈 일에 익숙해져 아픈 줄도 모르겠는데
대신에 자, 영수증이라며
얼굴에다 주름을 자글자글 그려 놓고 간다.

기가 차지만, 웃고 살자.
줄리아 로버츠 언니처럼.
주름 좀 있더라도 찬란하게.

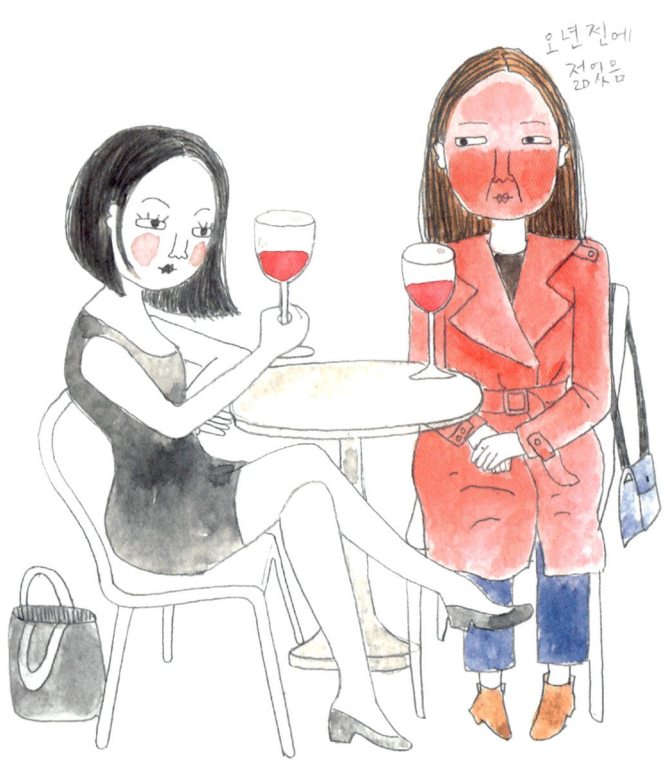

오년전에
젊았음

나는 다시 태어나면

5년 전에
런던의 피커딜리 서커스 근처에서
쥐나를 만났다.

내 결혼식 때 마지막으로 보고
그녀가 런던에서 일하고 있을 때다.
블랙 스판 원피스를 세련되게 입은 모습이
제법 멋진 런더너 같았다.

우리는 야외 테이블에 다리 꼬고 앉아
대낮부터 와인을 시켰다.
정신없이 밀린 수다를 떠는 사이,
내 얼굴은 와인 한 모금에 분홍색으로
두 모금에 빨간색으로 변해갔다.
마침 빨간 코트를 입고 있어서
지나가던 누가 "불이야~" 외칠 뻔했다.

제발,
다음 생에는 대낮에 와인 몇 잔 마셔도
멋있게 얼굴색 하나 안 변하는,
알코올 해독 잘하는 사람으로 태어나기를.
멍게 한 접시 따악 놓고
소주도 한 병 따악 까버리리라.

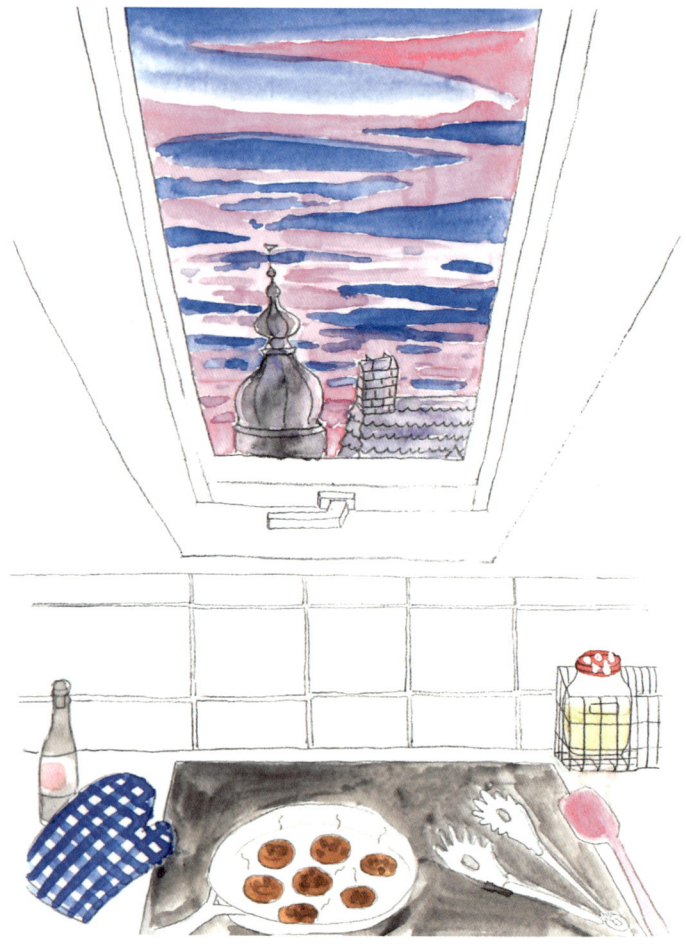

나의 낭만적 부엌

저녁에 밥을 하는데
부엌 창밖이 저렇게 아름다울 일인가?

천상의 색으로 그린,
하늘에 계신 미켈란젤로 님의 작품을
내 부엌에다 걸어놓은 듯하다.
낡은 부엌이지만, 이런 호사스러운 낭만이 있다.

오늘 메뉴는 낭만적 떡갈비.
내 부엌에는 배기후드가 없어서
고기 구울 때 창문을 조금 연다.
하늘 한 번 올려다보고,
떡갈비 한 번 뒤집고.

머리 위로 툭툭, 투두둑
떨어지는 빗소리가 듣기 좋은 날은
베이컨 썰어 넣고 치즈 좀 뿌려 낭만적 김치전.

창문에 소리 없이 눈이 내리는 날은
북어를 오래 지긋이 고아 두부랑 콩나물 좀 넣고
속 뜨듯하게 낭만적 북엇국.

주의사항:
한여름에는 음식이 채 익기도 전에
얼굴이 먼저 익어버린다.

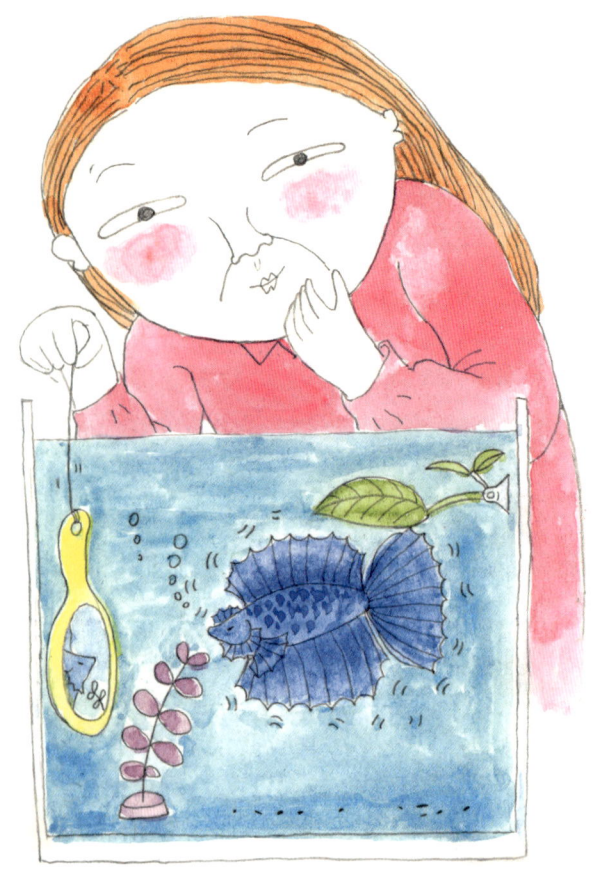

Part 3 _ 다시 독일, 짧은 가을 그리고 긴 겨울

미안하다 종철아

종철이는 태국의 어느 개천에서 태어나
한 아이의 그물망에 낚이는 바람에
한국으로 수출되어 해운대 이마트에서
삼천 원에 나한테 팔려 왔다.

당시 부산에서 단기 임대한 집의 집주인 이름이
김종철이어서 그냥 종철이라 부르게 됐다.
2리터짜리 어항에 플라스틱 수초만 넣어주었다.

손거울을 보여주면 자기 얼굴을 보고
싸우겠다고 버럭 하며 지느러미를 펴고,
손끝에 먹이를 붙이고 "종철아 점프!" 하면
펄쩍 뛰어올라 먹이를 낚아챘다.

독일로 올 때 엄마 집에 맡기고 왔는데 서운한 마음에
독일 집에 와서는 몸값 비싼 베타 세 마리를 사서
디카프리오, 태호, 애기라고 이름 지어
세 개의 어항에 한 마리씩 키웠다.

이들은 종철이 형 덕분에 진짜 수초들로 장식된
궁궐같이 넓은 어항에서 왕자처럼 살다가
짧은 명을 다하고 차례차례 용궁으로 갔고
종철이는 1일 3식을 철저히 지키며 조금 더 살았다.
가진 것 없는 개천 출신 종철이가
왕자들보다 더 길고 가늘게 살다간 셈이다.

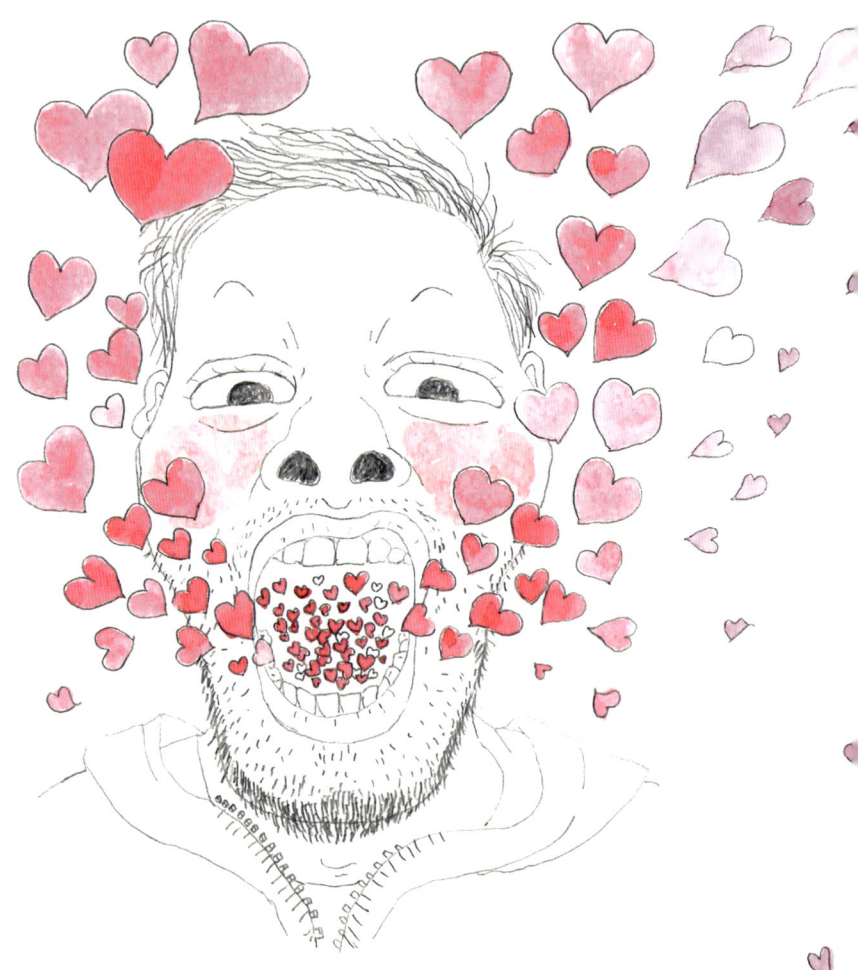

사랑이를 지켜주오

열 번 잘 지내다가 한 번 삐끗하면,
내 사랑이는 삐져서 집을 나간다.
원인 제공은 늘 자기가 해놓고
독일 남자도 자존심이 있다면서
한참을 잘했다고 버틴다.

빨리 와서 뉘우치고 사과하지 않으면

사랑이는 아주아주 멀리 가버린다.
머릿속으로는 이미 짐도 다 쌌고
비행기표도 한국행으로 끊어 놨다.

사랑은 유리 같은 것.
쉽게 부서지고 그 조각에 우리가 다친단다.
깨진 유리는 강력 본드로 붙여 써봐야
물이 새고 금방 다시 깨진다.

다쳐서 꿰매고 약 바르면 낫기야 하겠지만,
나아도 상처는 남는다.

제발 사랑, 사랑 입으로만 하지 말고
우리 사랑이 어느 한 귀퉁이도 다치지 않게
곱게 지켜주면 안 되겠니?

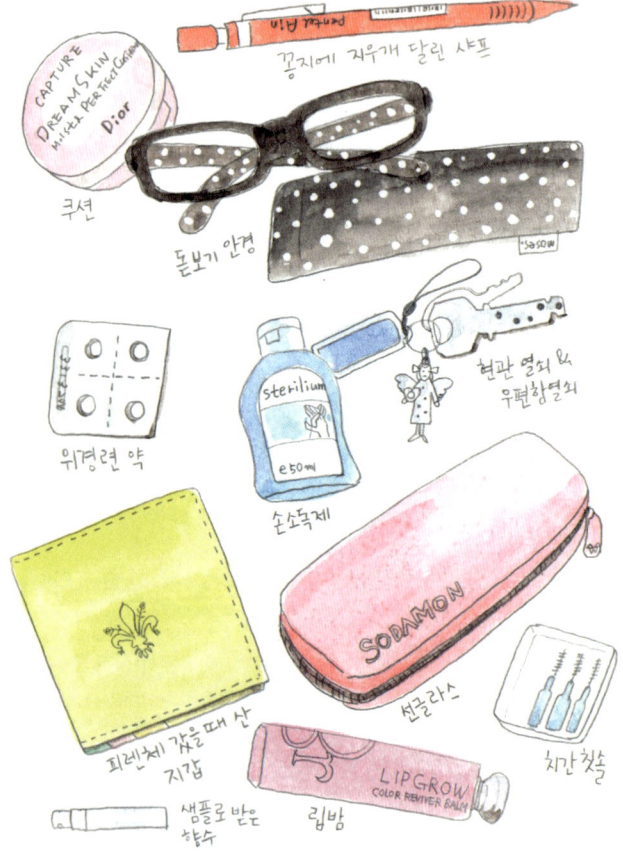

꽁지에 지우개 달린 샤프

쿠션

돋보기 안경

위경련 약

손소독제

현관 열쇠 &
우편함열쇠

피렌체 갔을때 산
지갑

선글라스

치간칫솔

샘플로 받은
향수

립밤

만약에 비가 오면

나가기 전에는
무엇을 잊고 안 가져갈까 봐 불안하고,
밖에 나가서는 필요한 게
가방 안에 없으면 그렇게 아쉽고 불편하다.

식당에서 돋보기 없이 음식을 시킬 수가 없고,
치아에 낀 음식물이 어떤 노력으로도
안 빠질 때가 있어 치간칫솔도 챙긴다.
아, 티슈를 깜빡했네.
턱에 구멍이라도 났는지
자꾸 음식을 옷에 흘리니까.

만약에 매운 음식 먹고 위가 아프면?
만약에 햇빛이 강해서 눈이 시리면?
만약에 갑자기 비가 오면?
수많은 '만약에'에 대비하기 위해
가볍게 하는 외출도 하루 전부터 가방을 챙긴다.

요즘은 유행 따라 작은 가방을 들다 보니
곁에 에코백을 하나 더 들어,
책 한두 권과 그림 노트, 필통, 수채 팔레트,
접이식 우산, 미지근한 물을 담은
미니 보온병까지 가볍게(?) 더 챙겨 나간다.

가벼운 외출도 이렇다 보니
며칠씩 묵고 오는 여행 가방은
아예 그냥 이삿짐을 싼다.
가볍게 다니고 필요하면 사서 쓰면 될 일인데
그게 그리 잘 안된다.

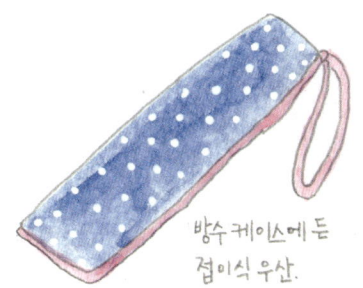

방수 케이스에 든
접이식 우산.

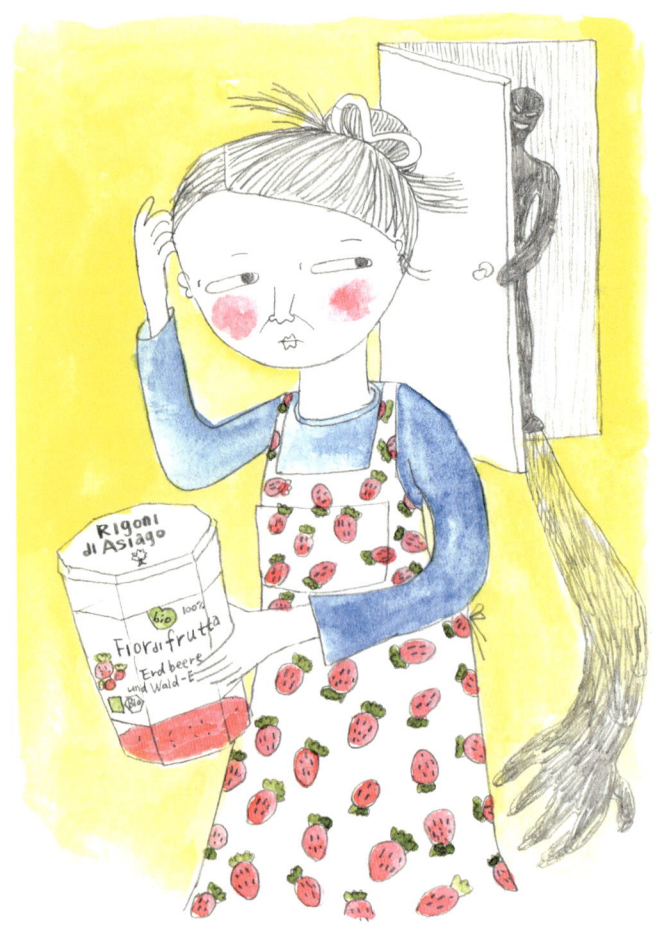

행복을 찾은
이방인

이 이야기는 호환마마보다
무서운 결과를 초래할 수 있으니,
현대의 어린이와 노약자는
무분별한 모방을 삼가시길.

내게는 정말 판타스틱한 계획이 있다.
1일 1 케이크.
하루에 독일 케이크를 하나씩 먹는 것.

저녁 식사 이후엔 금식해야 해서
저녁 내내, 또 잠들기 전 머리맡에서도
내일 어떤 케이크를 먹을까 고민하고
빨리 내일이 오면 좋겠다며,
아이처럼 일찍 잠을 청한다.

다음 날 카페 유리창을 기웃거리며
오늘의 케이크를 찾는다.
마스카르포네 푸딩 위에 라즈베리가
잔뜩 얹어진 라즈베리 케이크?
배와 복숭아가 듬뿍 올라간 과일 케이크?
초코 스펀지에 초콜릿을 둘러 굳힌
클래식 초콜릿 케이크?

여전히 나는 행복을 찾는 이방인인가.
그냥 설탕 중독자인가.
그나저나, 우리 집에 도둑이 든 것 같다.
며칠 전에 딸기잼을 한 통 사다 놨는데
오늘 보니, 한 숟가락만 남아있다.
참, 이상하다.

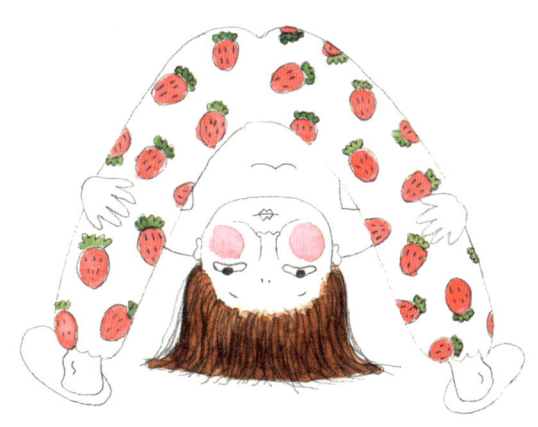

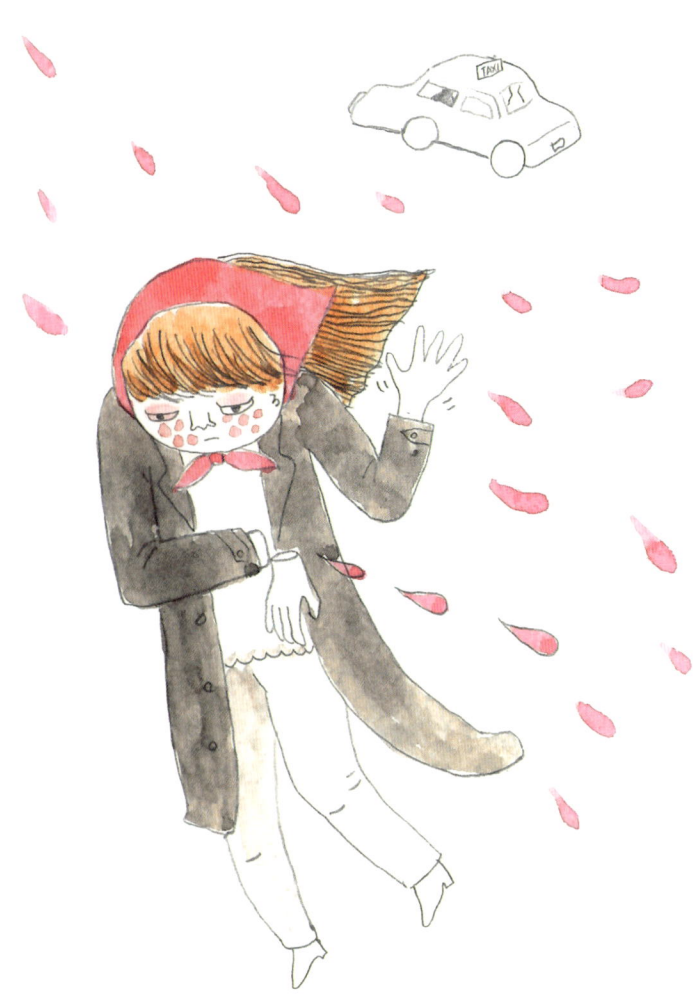

그래서
연필로 썼어요

통영에서 고등학교를 졸업하고
타지역으로 대학을 가기 전에
좁은 통영 땅에서 수많은 남녀상열지사가
발생했는데 하루 일곱 탕을 뛴 적도 있다.

마음속으로 서로 좋아하던 오빠가 있었는데
그의 찐친이 나를 대놓고 좋다 하는 바람에
사랑과 우정 사이에서 내색 한번 못하고
그는 애달픈 눈길만 보내다가 서울로 갔다.

서른쯤, 어떻게 연락처를 알았는지
서울에서 부산까지 나를 보러 온 적이 있다.
딱히 기억나는 대화는 없다.
내 인생이 아주 까슬까슬하던 시기라
내 피부도 영 그랬는지 나를 안쓰럽게 보면서
"피부관리샵이라도 끊어줄까?" 했던 것 같다.

장가라도 가는가 보다.
그렇게 얼굴 한 번 보고, 택시 타고 온 길로 횡 가버렸다.
그 후로는 본 적도, 소식을 들으려고 한 적도 없다.
두 번째는 아니 만나야 했다는 둥 했겠지.

사람을 좋아하려면 좀 진득하게 지켜봐 주지.
영양 크림이라도 하나 사주고 가든가.
그때 그러고 가서
피부 좋은 서울 여자한테 장가갔냐?

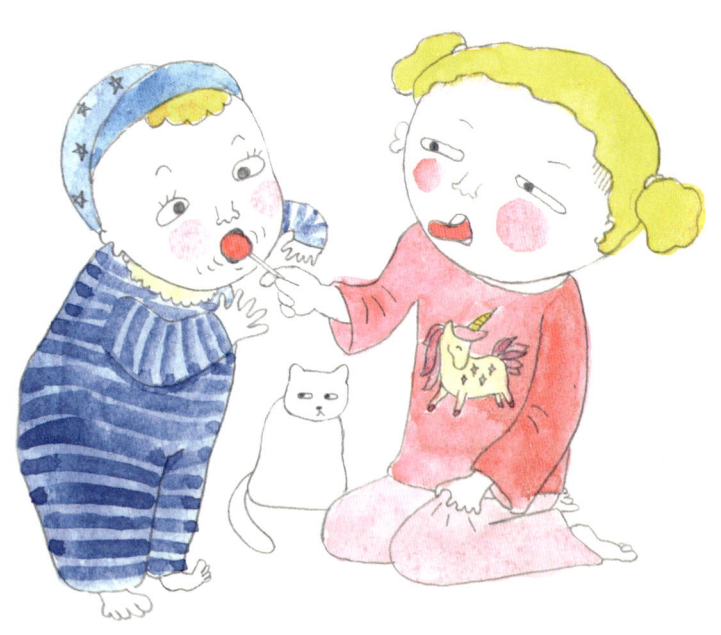

나는 너의
작은 생쥐

아침에 마박이가 출근하면서
"나중에 봐. 나의 작은 천사"
하고 인사했다.
오십이 넘어도 남편에겐
나는 작은 천사다.

마박이는 나를 샤츠(Schatz, 독일식 여보),
나의 작은 생쥐, 꿀 같은 애칭으로 부르다가
내가 '여보'를 가르쳐준 뒤로는
어디서나 "여보 여보" 하고 부른다.

독일 동서는 시어머니 이름을
친구 부르듯이 부르는데
나는 차마 입이 안 떨어진다.
마박이는 자기 부모는 엄마, 아빠하고 부르고
친구의 부모는 이름을 부르고 친구로 지낸다.

독일에는 아랫사람도 윗사람도 없다.
가까운 사람과 먼 사람만 있다.
높임말은 나보다 높은 사람에게 쓰는 게 아니라
나하고 거리가 먼 사람에게 쓴다.

입 뗀 지 얼마 안 된 2.5살 조카 오스카가
마박이에게 너는 내 친구라고 했다.

다 좋은데, 시동생네 애기들이 나를
"정아, 정아" 부르며 계속 반말을 한다.
가만 듣다 보면 은근히 기분이 나빠진다.
얘들보다 내가 반백 년은 더 살았는데.

한국 조카들도 마박이를 마박이라고 부른다.
예를 들어 이름이 조삼식이라면
이모부를 "삼식아~"
하고 부르는 것과 같다.

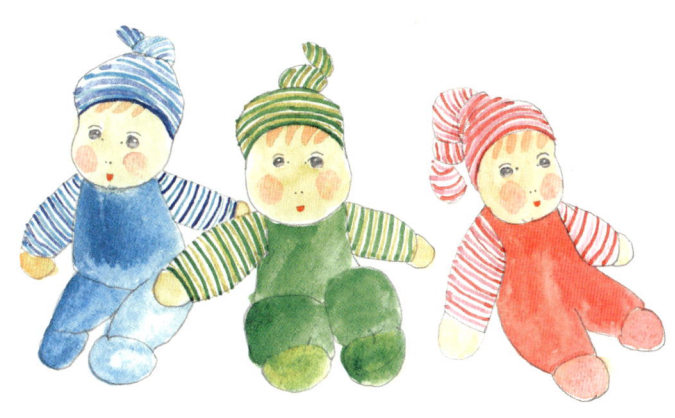

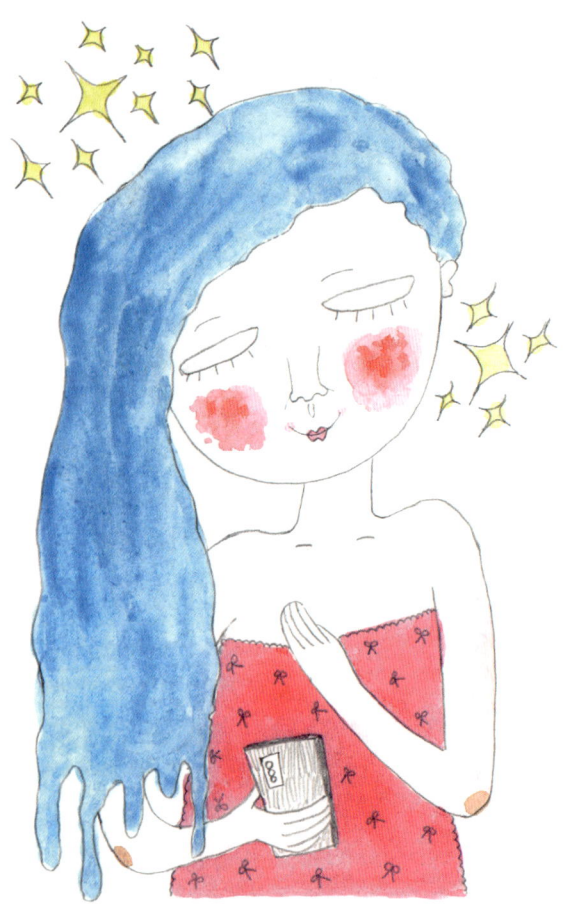

그리고,
쓰는 즐거움

책을 읽다 보면 금방 글이 쓰고 싶어진다.
글을 쓰다 보면 재밌는 그림이 떠올라
그림 노트와 팔레트를 바로 편다.

영감님이 달아나기 전에 서두른다.
집중하다 보면 금세 피곤이 오는데
피곤해지면 바로 멈춘다.
더 해 봐야 건질 것이 없다.

평소에도 영감님은 불쑥 잘 들르신다.
바로 메모장을 열어 적어두지 않으면
나중에 기억해 쓰려 해도
뭐였더라 하며 기억이 안 난다.
메모할 때는 생각이 닿는 대로 줄줄 쓴다.
한 줄 문장이더라도 꼭 적어둔다.

어떤 날은 영감님이
깜짝선물처럼 첫눈을 보내주거나
숨겨진 보석 같은 샹송을 들려준다.
그 와중에 이건 글로 써야지 하며
간략히 메모한다.
대신, 그 순간의 느낌은 가슴에 적어둔다.

글은 책상 앞에서만 쓰는 건 아니다.
왜 꼭, 머리를 감고 있을 때 영감님은 오시는지
긴 머리를 다 말리는 동안
"나 바쁘다." 하고 가버리기 때문에
대충 헹구고 물이 뚝뚝 떨어지는 채로
침대맡에 앉아 핸드폰에다 글을 쓰게 된다.

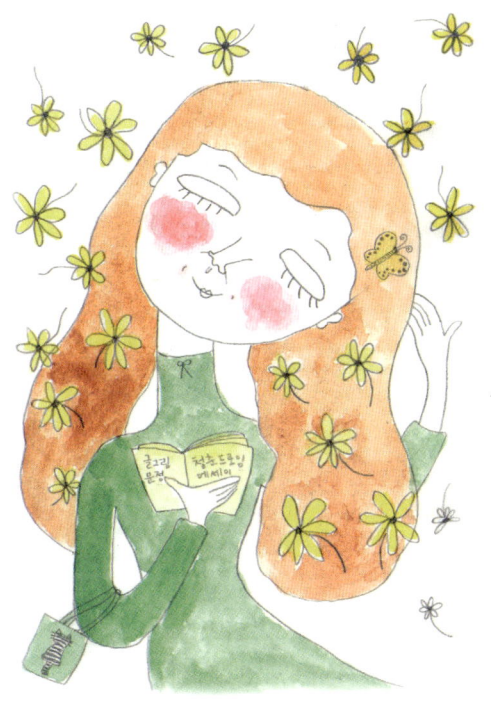

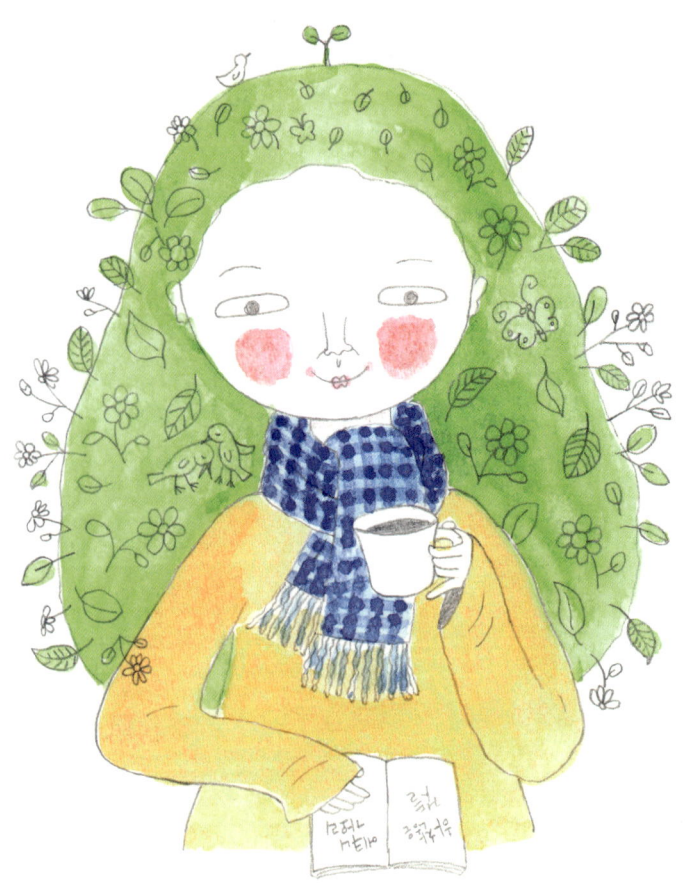

에쿠니 씨의 에세이는
맘보 얌얌

에쿠니 씨의 에세이 중고 책 여섯 권을
육만 원 주고 해외 배송 받았다.
빨리 다 읽을까 봐 아껴 읽으려고
읽으면서 자꾸 딴짓을 한다.

"입안에서 쪽쪽 빨다가 작아진
눈깔사탕처럼 옅은 초록색"을
떠올리다 말고 주변을 둘러본다.
창밖에 페그니츠 강이 흐르고,
앉은뱅이 테이블 몇 개는 비어 있고,
이 카페엔 말하는 사람이 아무도 없네.
맘보 얌얌. 맘보 얌얌.

오늘은 비가 온다 해서
우산을 챙겨 나왔다.
"다쳐서 양호실에 가면 발라주던
빨간약"을 좋아하다니
나도 한 번, 양 무릎이 까져서
빨간약을 벌겋게 바르고 다녔지,
하고는
어, 비가 내리네.
커피 한 잔 더 시켜야겠는 걸.
맘보 얌얌. 맘보 얌얌.

"옷가게에서 눈이 반짝 뜨일 듯 선명한
노란색 옷을 보면 가슴이 두근거려,
거울 앞에 서서 옷을 살짝 대어보고"
수줍게 실망하는 모습을 상상하다가
아까부터 흘러나오는 처음 듣는 샹송을
나도 모르게 따라 부르고 있다.
어깨를 소심하게 옴질대면서
맘보 얌얌. 맘보 얌얌.

에쿠니 씨의 에세이는 편안한데 힘이 세다.
아무나 따라 부를 수 있는 맘보 얌얌처럼.
거리를 보니 바쁜 관광객들의 걸음 사이로
겨울이 총총 오고 있다.
나도 이제 책을 덮고 일어서야지 하는데,
한 번 더.
맘보 얌얌. 맘보 얌얌.

* 에쿠니 가오리, 『취하기에 부족하지 않은』, 소담출판사(2009년)

* 세르쥬 갱스부르(Serge Gainsbourg), "Mambo miam miam"의 후렴구

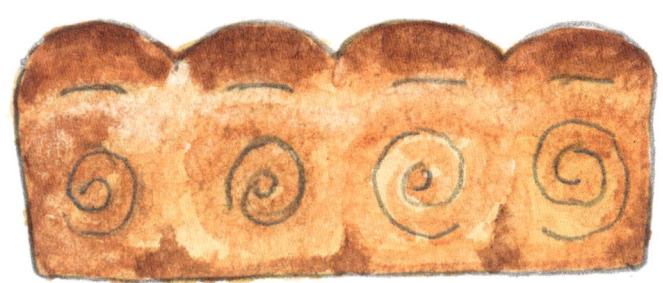

식빵이 먹고 싶어서

독일은 빵의 나라지만
식빵은 잘 안 먹는 것 같다.
토스트 브래드(Toast Bread)라고 하여
건강에 좋지 않은 빵 취급을 하거나,
보통 베이커리에서 찾아보기도 힘들다.

있다고 해도, 도제식빵이나 타쿠미야 같은
쫀득하고 부드러운 식빵은 아니다.
파운드 케이크처럼 부스러지는 질감이다.

비슷한 것을 찾자면, 버터가 좀 더 들어가고
식감이 부드러운 브리오슈 정도.
식빵과 크루아상의 중간쯤 되는 맛이다.

한국식 식빵이 너무 먹고 싶어서
이탈리아 밀가루를 사다가
직접 만들어 보았다.
마박이가 제빵은 또 언제 배웠냐며 놀란다.
"나, 한국 사람!"

2cm로 썰어서 앞뒤로 칼집을 낸 뒤,
버터를 살짝 발라 노릇하게 구워 먹었다.

단번의 성공에 의기양양해져서
이번엔 베이글도 만들어볼까 한다.
리코타 치즈랑 두부도 만들고.
한국에선 새벽 배송시키면 다 해결될 일인데,
뚝딱뚝딱 만드는 망치아줌마가 되어간다.

예전에는 프랑스 빵, 독일 빵을 더 알아주었지만
좋다는 건 다 가져다 더 잘 만들어버리니
한국인의 빵부심은 어느 나라에도 지지 않는다.

* 망치아줌마: 구독자 647만 명을 보유한 유튜브 채널 '망치(Maangchi)'의
  운영자로, 한식 요리법을 쉽고 친근하게 소개하며 인기를 얻고 있다.

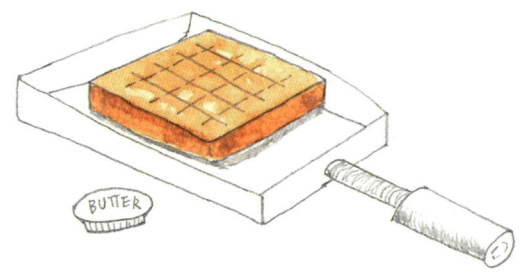

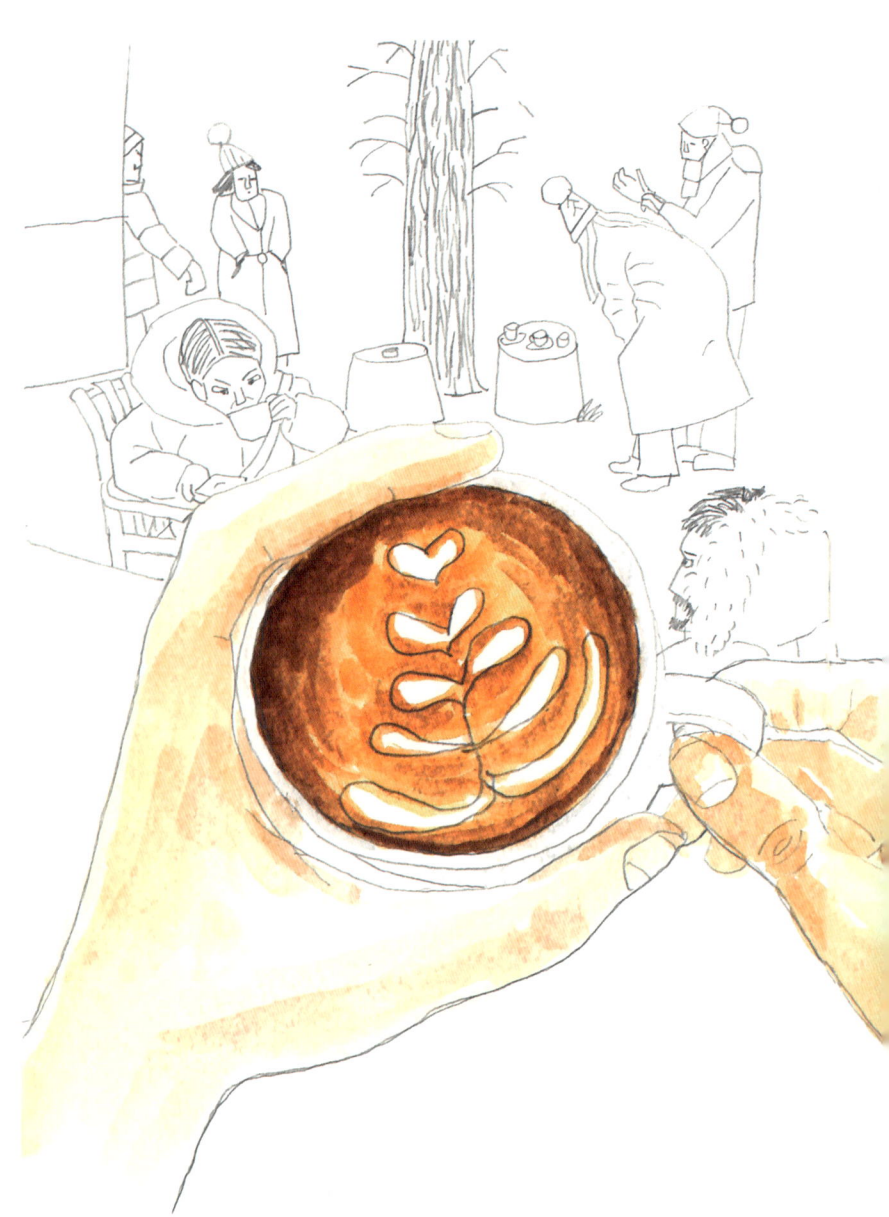

뉘른베르크
크리스마스 마켓

이 추운데, 밖에서 커피 마시는 사람들.
우리가 얼어 죽어도 아아를 마시는 것처럼.

뉘른베르크 크리스마스 마켓이 열렸다.
유럽에서 세 번째로 큰 규모라
이맘때면 세계 각지에서 사람들이 몰려온다.
'거리마다 오고 가는 많은 사람들이
웃으면서 기다리는 크리스마스'는
이제 그다지 설레지 않는다.

시내에 차 댈 데가 없는 걸 그저 불평하고,
크리스마스 마켓이 바로 옆인데도
한 번 가보지도 않고
늘 가는 카페에서 커피나 한잔 마시고
그냥 집으로 돌아온다.

그러면서 올해는 형편이 그러니
당분간 휴가 여행을 못 가는 것을 한탄한다.
여행은 멀리 가야 맛이지 하며
바로 옆에 있으면서 춥다면서 안 가본다.

남들은 일부러 오는 관광지를
옷도 아무렇게나 걸치고 내 구역인 듯
슬렁슬렁 팔자걸음으로 걸어가는데
뭔가 그동안의 억울함을 보상받는 것 같고
뿌듯한 쾌감마저 든다.

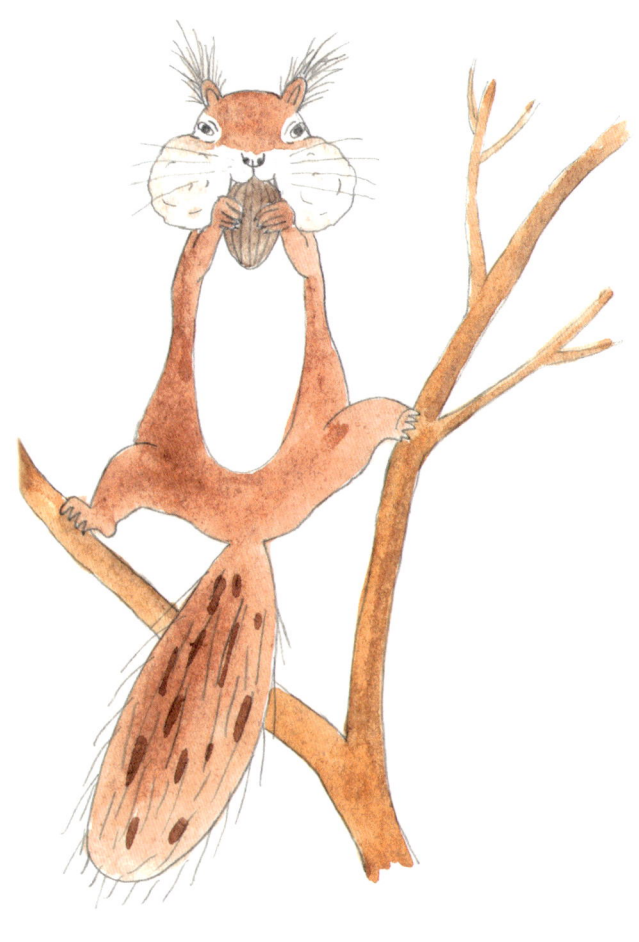

다람쥐 슈퍼마켓

발코니 앞 나무에
귀여운 다람쥐와 새끼손가락만 한
귀여운 새가 산다.

어느 날,
귀여운 다람쥐가 귀여운 새를 물고
귀엽게 나뭇가지를 폴짝폴짝
뛰어다녔다.
흉악한 놈.
하기야, 나도 다람쥐털 붓으로
폴짝폴짝 행복하게 그림을 그린다.

다람쥐처럼 나도 식량 욕심이 많다.
독일에 처음 왔을 때,
시댁 지하실에 통조림 같은 가공식품을
잔뜩 저장해 둔 것이 부러워
나도 빈방에 선반부터 만들어
작은 슈퍼마켓을 차렸다.

일요일과 공휴일엔
모든 가게가 문을 닫는다.
식료품을 살 수 없으니
나 같은 식품 쇼핑 중독자는
깊은 상실감을 느낀다.

전쟁이 난 것도 아닌데
유통기한이 지나 버리는 일이 있더라도
언젠가 필요해, 라며 계속 사잰다.
식량이 쌓여있는 걸 보니 안심이 된다.
한국에서 집 앞에 24시 편의점이
있는 것처럼 든든하다.

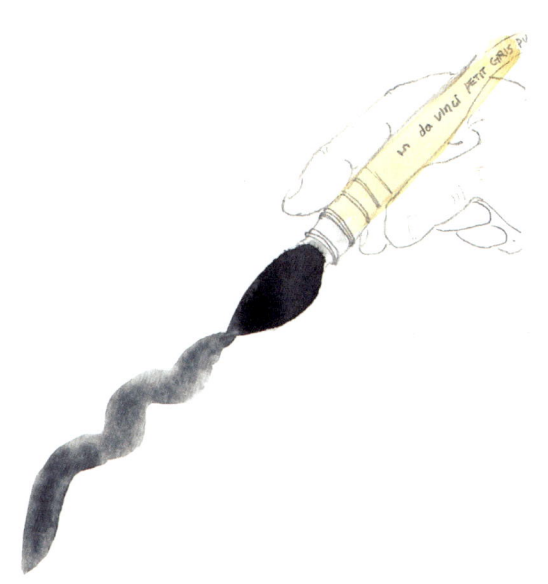

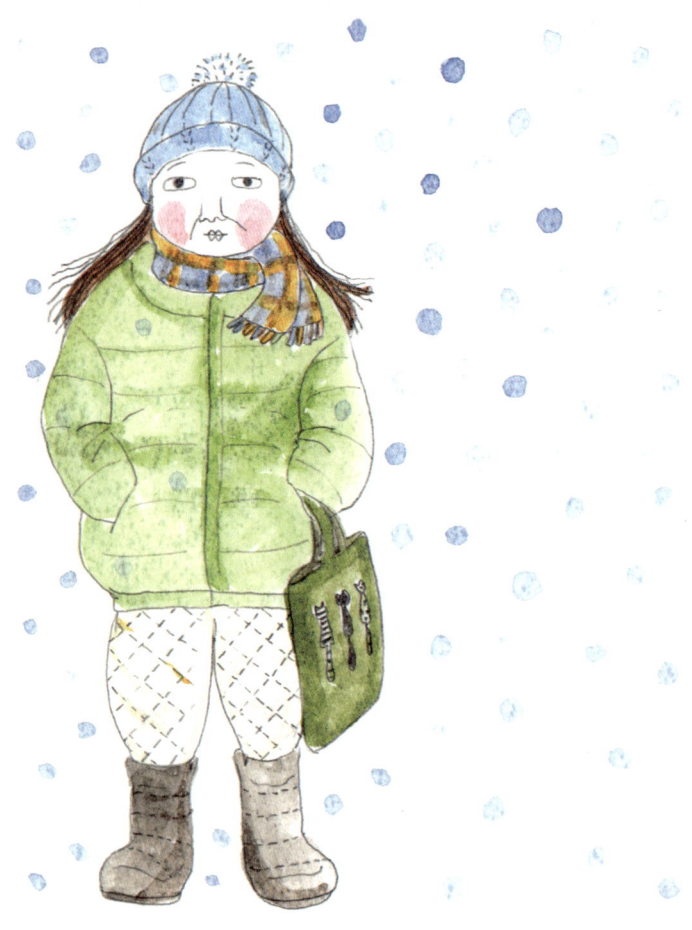

Part 3_다시 독일, 짧은 가을 그리고 긴 겨울

겨울을 위한
따뜻한 충고

독일 사람들은 여름에는 덥다 덥다 하면서
겨울에 춥다 소리는 절대 안 한다.
마박이가 나이가 들어가는지
요즘 자꾸 따뜻한 나라 가서 살자 한다.

이 추운 겨울날, 독일 사람들
아무도 얼어 죽지 않는 이유는
멋 부리지 않고
옷을 야무지게 입고 나가기 때문이다.

자, 위에서부터 시작해 보자.
모자는 귀를 덮을 수 있어야 하고
아니면 따로 귀마개라도 한다.
목은 절대 드러내지 않는다.
목티를 입거나 털목도리를 두른다.

아우터가 무거우면 나는 몇 걸음 못 간다.
가볍고 방수되는 패딩을 입어야 한다.
유행 따른다고
허리까지 오는 짧은 패딩을 입고 나갔다가
허리에 냉장고를 달고 다니는 것 같았다.

바지도 패딩이면 좋겠지만
누비거나 두꺼운 바지로 입는다.

꼭 청바지를 입어야겠다면
안에 히트텍 두 장은 겹쳐 입어준다.

가끔은 바지 안에 힙워머를 입고,
다리엔 긴 레그워머를 한다.
커피숍 같은 실내에서 따뜻할 땐
살짝 워머만 벗으면 딱 쾌적하다.

독일 사람들은 겨울에 맨발로 다니면
큰일 나는 줄 안다.
바로 감기에 걸려 식겁하기 때문이다.
아버지 양말처럼 긴 털양말을 신고
방수 패딩 부츠를 꼭 신는다.
운동화는 발이 시리고
양털 어그는 눈길에 금방 축축해진다.

이상하게 장갑은
눈 치울 때 말고는 딱히 안 끼는데
너무 추워서 다들 손을
주머니에서 아예 안 꺼내기 때문이다.

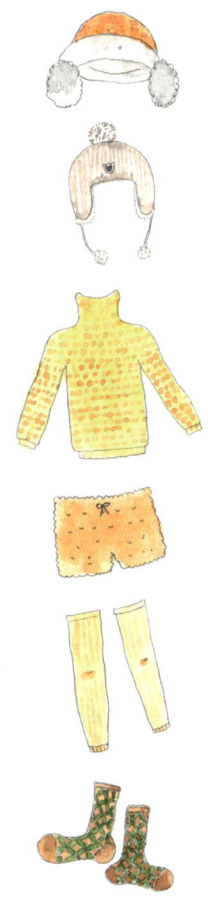

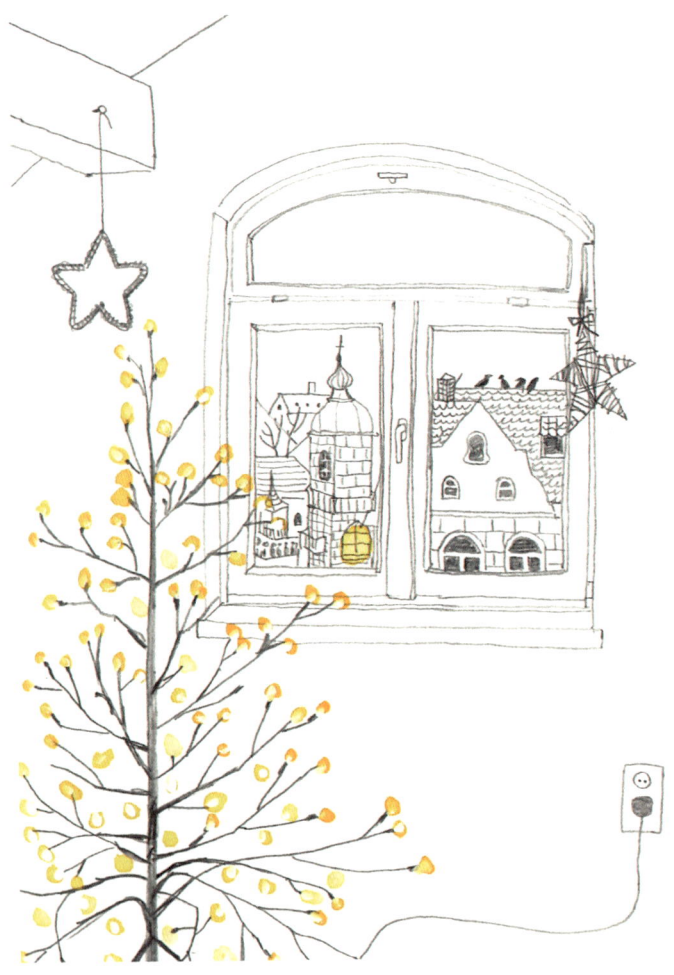

크리스마스의 그림

우리네 설날처럼
독일에서 크리스마스는 최대 명절이다.
며칠을 친척 집에 다니며 배 터지게 먹는다.

이맘때 지하 보관고에서
크리스마스 트리 상자를 꺼내 와서
와이어를 펴고 전기만 꽂으면 켜지는 트리를
건넛집 창에서 잘 보이게 창가에 세운다.

우리도 건넛집 창으로 보이는
그들의 크리스마스 트리를 늘 훔쳐본다.
창밖 풍경과 사진을 찍으면
멋진 크리스마스 갬성 그림 한 장이 나온다.

진짜 나무를 사서 해마다 한번 장식해 볼까
생각한 적이 있는데 시어머니를 보니까
수십 년째 매년 꺼내서 장식하는 일이
실은 그다지 즐겁지는 않은 것 같다.
시댁에 매년 차례 음식 하러 가는 느낌이랄까.

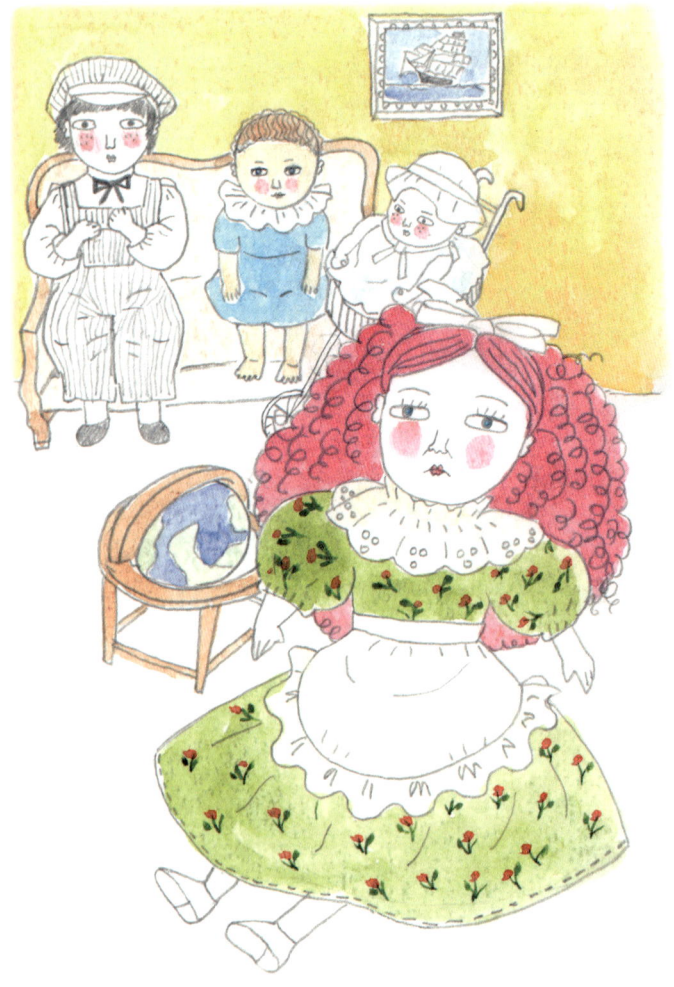

아틀리에의 유령들

어쩌면 내 아틀리에에는
유령이 살고 있을지도 모른다.
9월에 뉘른베르크 시내 전체가
거대한 벼룩시장을 여는데
오래된 인형의 집을 30유로 주고 샀다.

나무로 정교하게 만들어진 진열장은
서랍이나 문을 여닫을 수 있고
식탁과 의자, 소파, 시계, 그릇들.
벽에는 항해하는 배 그림이 걸려 있다.

어떤 사연인지는 몰라도
인형의 집에는 눈빛이 예사롭지 않은
아이들만 셋이 살고 있었는데
어린아이들만 방치하는 것 같아
다음날 벼룩시장에 다시 가서
둘 다 만만치 않게 세 보이는
엄마와 이모를 5유로에 사 왔다.

새로운 가족끼리 무슨 일이 있었던 걸까.
얼마 전에 엄마 인형을 실수로 떨어뜨렸는데
세라믹 얼굴과 몸이 박살 나 버렸다.
남은 네 명이 누가 빌런이어도
이상할 것이 없게 생겼다.

미동 없이 앉아 있는 인형들은 좀 수상하다.
내가 자리를 뜨면
벌떡 일어나 여기저기 돌아다니고
"좀 전에 너, 좀 움직였어."
하고 정체 모를 외국어로 말할 것 같다.

무서운데 희한한 것은
아틀리에에만 앉으면 마음이 차분해지고
막혔던 글이 술술 써진다.
그림도 신들린 듯 잘 그려져서
나중에 이거 내가 그린 거 맞아? 하게 된다.
아무래도 누군가 도와주는 거 같다.

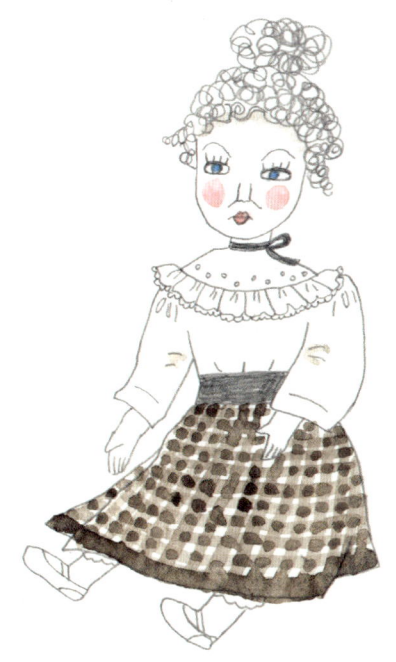

Part 4

다시 한국,
봄을 기다리다

봄을 기다리며 조바심이 난다.
언제나 그다음에 어디로 떠날지 잘 알고 있는 채로
살아가고 싶다.

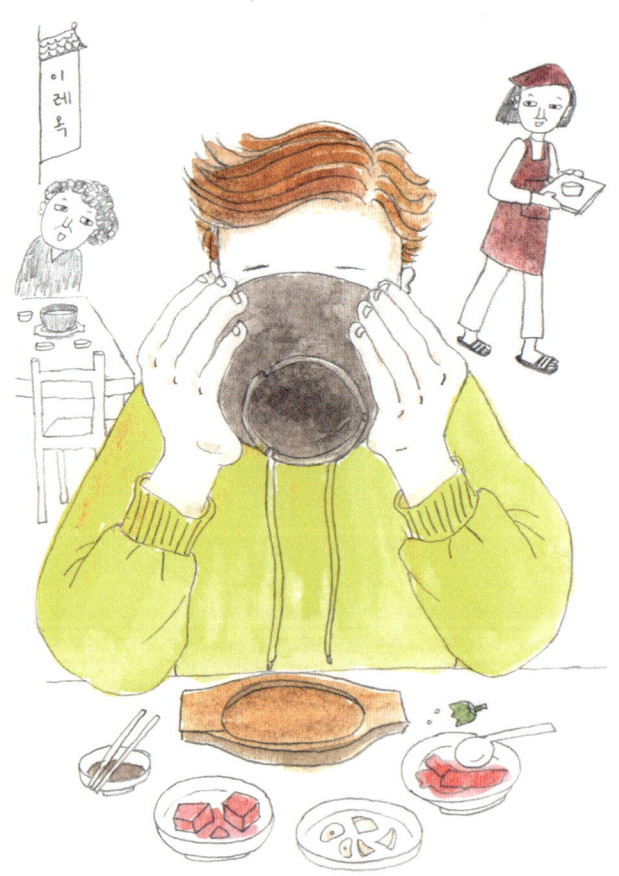

아이 러브 코리아

1월에 엄마 팔순도 있고 해서
마박이도 한 달 휴가를 내고
함께 한국에 들어왔다.

"무슨 휴가를 한 달씩 주냐"며 다들 부러워했지만,
이건 나의 휴가가 아니다.
외국인 한 명 수발드는 건
말 못 하는 어린애 키우는 것보다 훨씬 더 힘들다.
한 달 동안 내 시간은 없다.

아침 먹자마자 점심은 뭘 먹을 건지 물어본다.
잘 모르겠다고 대답한다.
삼식이에게 식당과 메뉴를 추천해줘야 한다.
"뭐 하고 싶어?"
물어보면 답은 늘 모르겠단다.

어디 갈지 내가 알아서 정하고,
시간 맞춰 일어나라, 옷 입어라 챙기고,
운전도 하고, 앞뒤 잔일도 다 내 몫이다.
이런 회장님이 따로 없다.
그래도 이번 한국 여행도 좋았다 소리는
들어야 하니까 가는 날까지 내가 참는다.

오자마자 곰탕 한 그릇을 쭉 들이키더니
통영 가서 아구 내장도 먹고 산낙지도 먹고
장어 꼬리도 정력에 좋다며 골라 먹었다.
그런 건 또 어디서 들었는지.
음식 안 가리고 사람도 안 가린다.

이참에 동시통역 기능이 있는 폰으로 바꿔서
영어 한마디 못 하는 가족들과 대화도 하며
연신, 아하하하 아하하하 즐거워했다.
에긍,
저렇게 좋아하니
자주 함께 오긴 와야겠다.

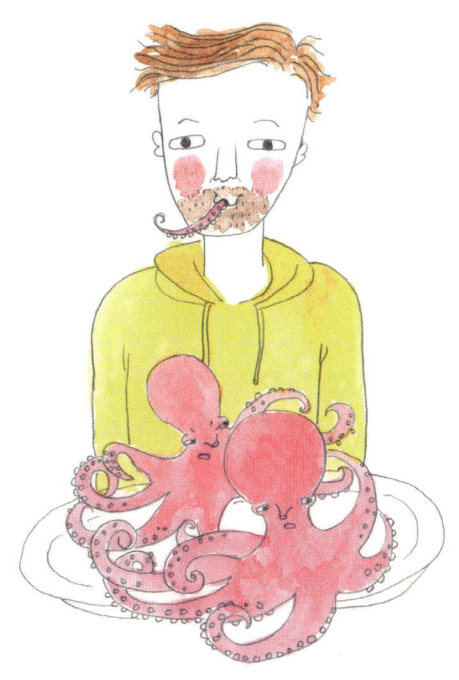

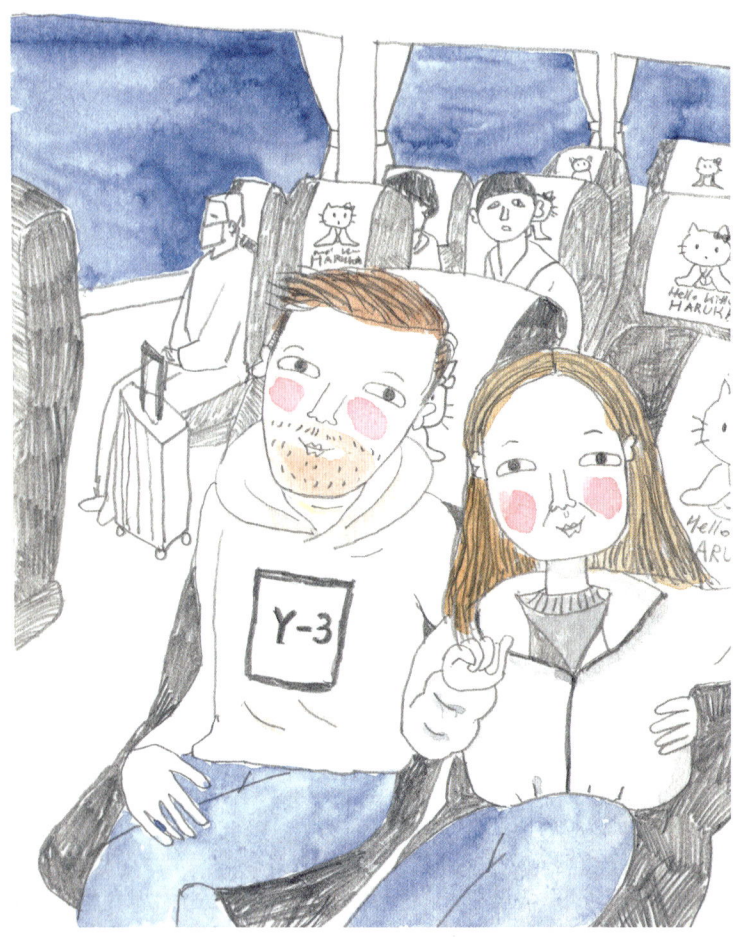

* 50대가 된 헬로키티와 나

남편과 함께 가는,
나를 위한 교토 여행

한국 온 지 얼마 안 돼 마박이가
한국에 오는 경비도 만만치 않지만
'우리의 추억은 소중하니까'
무리해서라도 교토도 가자고 했다.

이번 여행은 나를 위한 여행이니까
내가 가고 싶은 곳에 가고
나 하고 싶은 거만 하라면서.
말은 참 좋은 말이다 생각하며 그냥 갔다.
어차피 회장님 수발의 연장선이겠지만
우리 둘 다 외국인이 되는 게 낫긴 하다.

안 물어봐도 나는 다 계획이 있다.
무인양품 식당에서 오반자이에
뜨거운 고봉밥을 시켜 먹고
어디 푸딩이랑 타마고 샌드는 꼭 먹어야 한다.
소품 가게에서 패브릭과 주방용품을 사고,
서점에서 책도 좀 보고,
빵지순례도 해야 한다.
할 게 많다. 끝이 없다.

마박이는 어디서든
내 볼일이 끝날 때까지

소파에서 조용히 기다리다가
내가 목을 긋는 신호를 보내면
계산대로 와서
충실히 카드만 내밀었다.

"조금은 행복했어?"
답을 이미 알고 있는 사람처럼 물었다.
혼자 올 때가 훨씬 내 영혼을 채워주지만
남편과 처음 함께 온 교토 여행으로
마음이 노글노글해진 것 같아서
행복하고 게으른 나무늘보처럼 웃으며
"응" 하고 대답했다.

* 오반자이(お番菜): 교토 가정식의 대표 음식. 제철 식재료를 활용한
  소박한 반찬으로, 지금은 교토 식문화의 상징처럼 여겨진다.

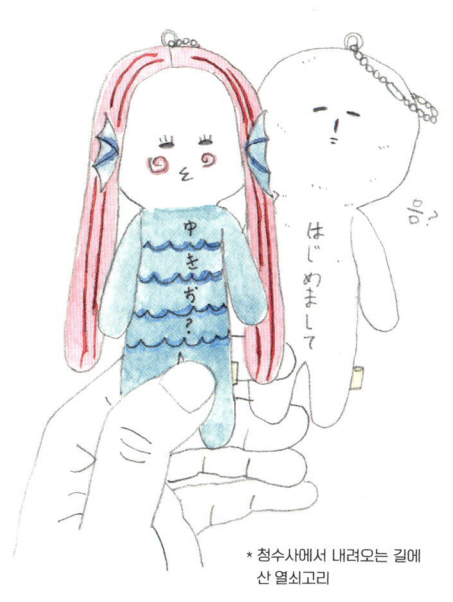

* 청수사에서 내려오는 길에
산 열쇠고리

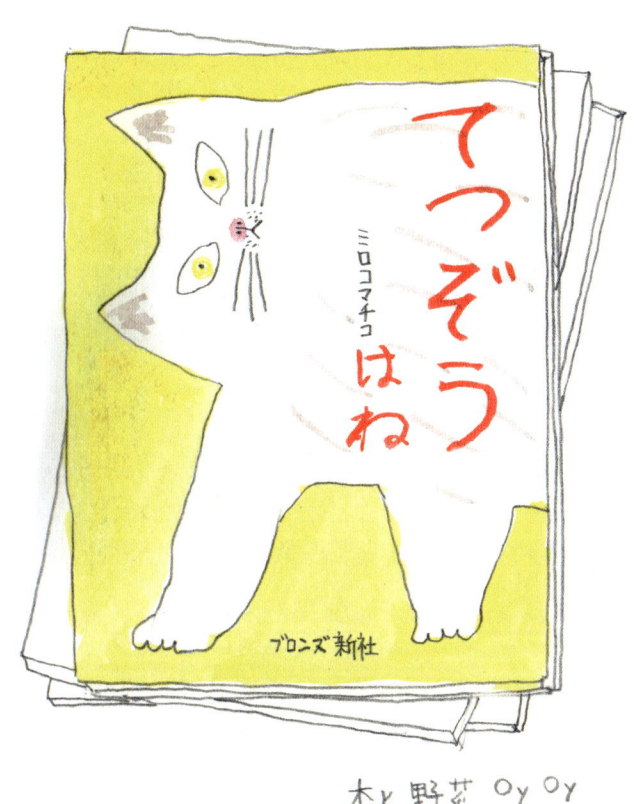

本と野菜 OY OY

사람이 된 고양이,
오이오이 사장님

교토 에이스호텔과 붙어 있는
쇼핑몰 신푸칸(新風館) 안,
작은가게 '오이오이(Oy Oy, 이봐 이봐)'에서
고양이 그림책 세 권을 샀다.

카페인지, 서점인지, 야채가게인지.
차도 팔고 유기농 식료품도 있고
간단한 식사도 할 수 있다.
이런 가게가 집 근처에 있으면 좋겠다.
책도 있고, 커피도 있고,
유기농 야채까지.
내게 필요한 게 다 있으니까

책과 야채를 같이 판다?
처음엔 영 안 어울리는 조합이라 생각했는데
마음의 양식과 몸이 먹을 건강한 양식 둘 다 파니
나같이 두 가지 양식이 늘 부족한 현대인은
딱 좋아할 만한 가게인 것 같다.

오이오이에는 고양이 그림책이 많다.
사장님은, 꼭 사람이 된 고양이 같다.
분명 머리카락 안에
뾰족한 귀를 숨겼을 거다.

내 어설픈 일본어도 다 받아주고
사다리를 타고 높은 책장에서
책을 꺼내 보여주며
미로코 마치코, 데쿠네 이쿠 같은
일본 작가들의 그림책을 소개해 주었다.

'메리 고 라운드'라는
꼭꼭 숨겨진 그림 책방도 알려줘서 그곳에도 다녀왔다.
교토에 자꾸 오는 건
나를 채워 줄 무언가를 찾고 있기 때문이다.
오이오이에 잠깐 머물렀을 뿐인데,
이번 여행에서 가장 영감을 받은 시간이었다.
"이걸로 충분해."하며 까눌레를
잔뜩 사 들고 돌아왔다.

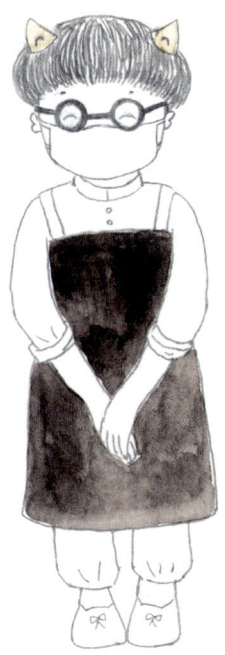

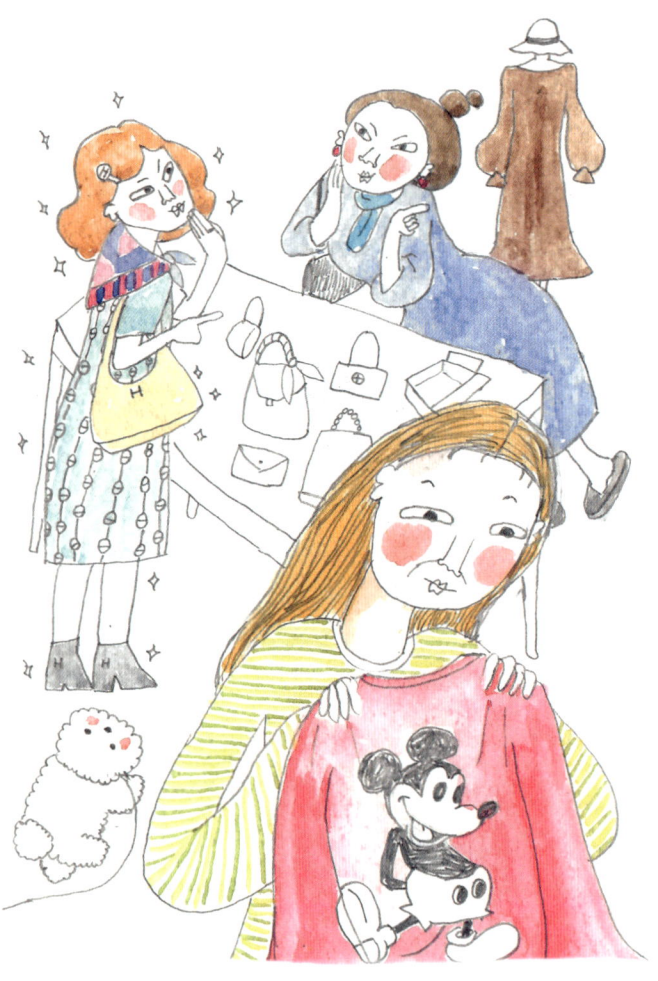

부산 옷가게의
어느 여사님

아니 시집을 잘 갔능교
친정이 부잔교?
올 때마다 내 이리 훑어보니
맹품 옷을 좌악 빼입고
엄청시리 멋지게 하고 다니대예.
내 거는 짝퉁인데 전에 보니까
이거랑 똑같은 진짜배기를 들었더만.
내는 가방 살 때 내 돈 주고 산다 아입니까.
남편이 한 푼도 안 보태줘예.
내는 마 이래 삽니더.
옴마야, 친정이 잘 사는 가베.
부러버라이.
부잣집 따님이라 자태가 남다르네예.
자식 키운다고 애끼고 살았제.
인자는 내도 이런 거 들고,
좀 사 입고 해야제.
내가 언제까지 이리 살끼가.
애끼고 쭈글쭈글해지면 누가 알아줍니꺼?
마, 쓰고 싶은 거 쓰고 살아야제.
죽을 때 죽더라도.

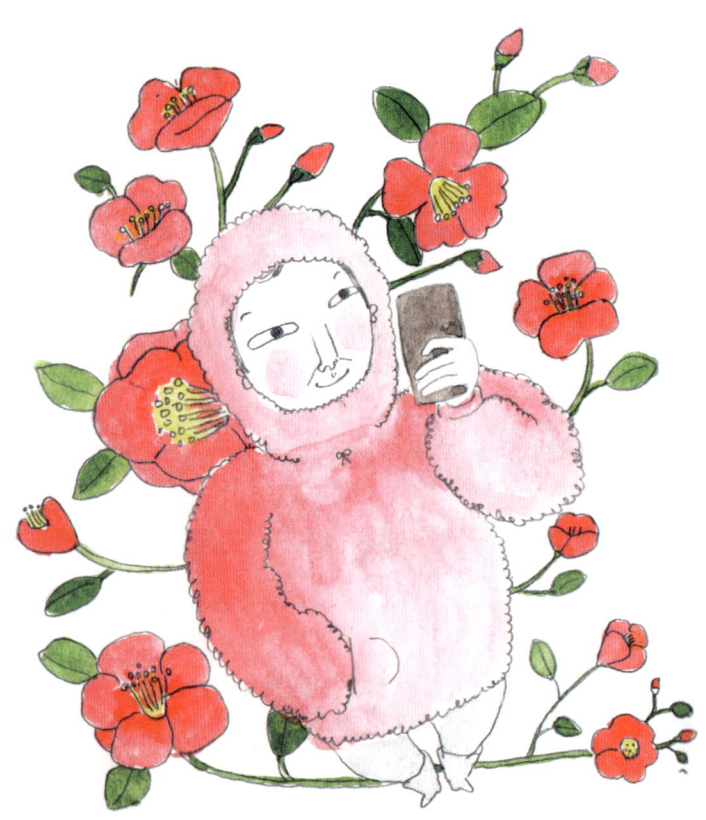

동백꽃 떨어질 무렵

예사로 보던
동백꽃이 좋아졌다.
친구도 그렇단다.

나 어릴 적 콧물 흘리고 놀던
바다 마을 산그늘에 지천으로 붉은 동백이
피었던가 안 피었던가 기억이 안 난다.
어린애가 동백꽃이 피든 지든
무슨 관심이 있었겠는가.

바다 마을 동백은
겨울 찬바람에 반짝이는 잎들 사이로
붉디붉은 꽃을 피운다.
겸손하게도 향기는 없다.
화려한 붉은색 원피스에 노란 가방을 들고
샤넬 향수 듬뿍 뿌리고 나가면
보는 사람이 오히려 인상을 쓴다.

동백은 가장 예쁘게 꽃을 피웠을 때
바람도 없는데 무심히,
꽃 모가지를 땅에 뚝 떨어뜨려 버린다.
너무 붉어서 뚝.
그만 예뻐라 뚝.
뚝. 뚝. 뚝. 뚝.

화생(花生)에 가장 아름다운 날
이제 시간이 됐다며 뚝.
못다 한 붉은 청춘은
누워서도 여전히 하늘을 본다.

4월에는 지심도에
동백꽃 떨어지는
서러운 소리나 들으러 가야겠다.

* 지심도(只心島): 경상남도 거제시 일운면에 있는 섬으로, 하늘에서
  내려다보면 섬의 생김새가 마음 심(心)자를 닮았다 한다. 섬 전체가
  동백나무 숲으로 이뤄져 '동백섬'이라는 별명도 있다.

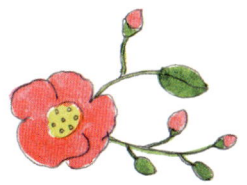

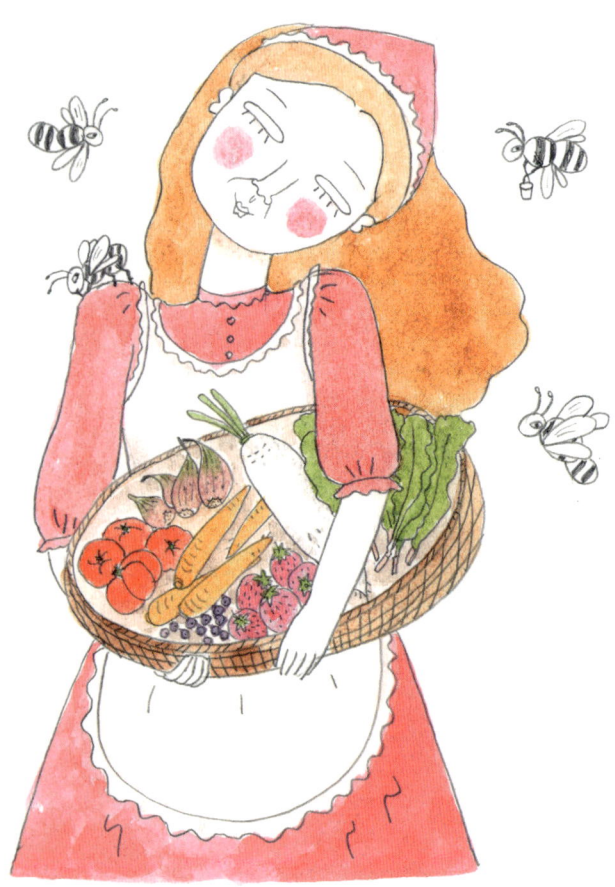

먹을 때를
기다리며

한국 오자마자 꽁지가 핑크색인
시금치를 한 단 사다가 살짝 데쳐서
양파 조금 썰어 넣고 소금 톡톡 뿌려
조물조물 무쳐 먹었다.
우리 1월 시금치 맛은 세상 어디에도 없다.
겨울에는 무가 달달하니
엄마한테 무나물 좀 해달라고 했다.
무나물은 엄마표가 낫다.

이제 나는 먹는 일이 가장 행복하다.
다시 먹을 수 있어서.
입안에 음식을 넣을 때 너무 소중해서
눈물이 나 본 사람.

올해는 겨울딸기가 참 달다.
3월에는 산딸기를 기다리고,
4월까지 있으면서
도다리쑥국도 먹고 가야지.

여름 장마 오기 전에
후무사 자두랑 천도복숭아를 먹으면 좋을 텐데
9월부터 11월까지는 청무화과를 매일 먹을 텐데.
기온이 뚝 떨어지면 통영 총각이 잡은
홍가리비가 억수로 달 텐데.

세월이 너무 빠르다 한탄하면서도
계절 따라 찾아 먹을 때를 기다리며
내일이라는 새날이 다시 오는 것에 감사한다.
언젠가 나이가 더 많이 들었을 때
좀 있으면 무화과 철인데,
겨울에는 딸기가 맛있을 텐데 하면서
조금 더,
조금 더 살고 싶어질 것 같다.

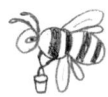

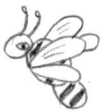

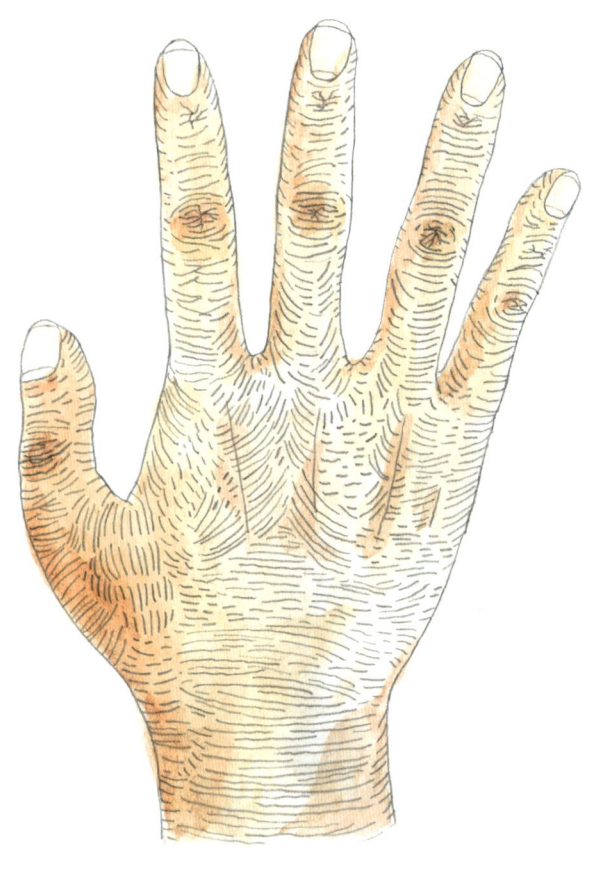

손이 못생겼다

어느 날 돋보기 끼고 손을 한번 쳐다보니
주름이 백만 개쯤 보인다.
내 손이 언제 이렇게 못 생겨졌는가.
손톱 밑에 아침에 깐 바나나가 시커멓게 껴있고
손가락 주름 사이사이 식초 냄새가 난다.

이 손으로 자식을 해 먹여 키운 것도 아닌데,
한때는 나도 손 예쁘다 소리 들었었는데.
긴 손톱에 핑크색 젤네일 하고
반짝이는 왕큐빅도 붙이고 다녔다.
김치는 손톱 끝으로도 잡아본 적 없다.

얼마 전까지만 해도
핏줄이 튀어나와 울퉁불퉁 못생긴 손을
피 안 통하게 위로 몇 초 들고 있으면
손이 하얘지면서 금세 다시 예뻐졌는데,
이제는 올렸다 내렸다 해봐도 계속 못생겼다.

결혼하고 나서 부엌에 선 날,
손에서 음식 냄새 나는 것을 받아들이기로,
나로서는 큰 결심을 했다.
장갑도 안 끼고 김치도 딱 잡고 푹푹 썰고
양파도 까고 고기도 조물조물.

지적이고 섹시한 와이프보다
배고플 때 맛있는 거 뚝딱 해주는 와이프.
고든 램지나 제이미 올리버 같은
세계적인 셰프 하나도 부럽지 않게.
우리 집 부엌에선 최고로 맛있는 음식이
언제나 척척 만들어져 나오고
우리는 이렇게 매일 잘 먹고 산다
어깨 펴고 살게 해 주려고.

내 손이 엄마 손이 되든 말든,
마박이는 요리해 줄 때마다
밥상 사진을 찍어 친구들에게 자랑하고,
마침내 우리 부엌에 미슐랭 별 세 개를 줬다.
그나저나,
우리 엄마 손은 어떻게 생겼었는지 기억이 안 나네.
한번 보려고 한 적도 없네.

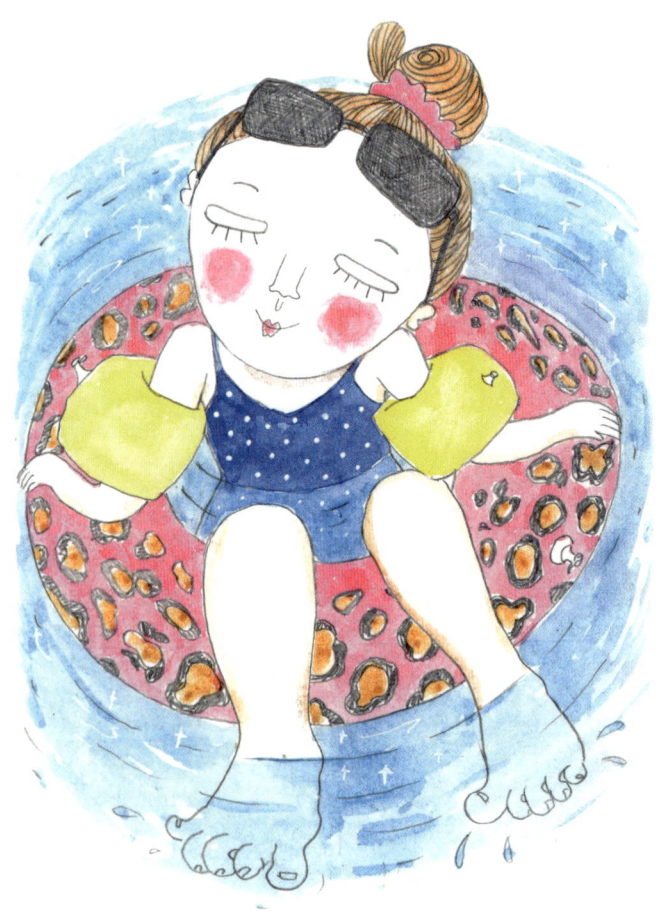

한 번만 눈
질끈 감았더라면

풍덩!
첨벙첨벙!
통영에 여름이 오면 동네 아이들은
우르르 바닷가로 달려가
난닝구와 빤스를 입은 채로
다 같이 바다로 몸을 던졌다.
나만 빼고.

혼자만 부둣가에 쪼그리고 앉아,
물고기처럼 바닷속을 휘젓는 동무들을
종일 보고만 있다가
밥때가 되면 집으로 돌아왔다.
그때 한 번만 용기 내서 뛰어들었다면
나도 물에 뜬다는 걸 알았을 텐데.
겁 많은 통영 가시내

삼십 대에 수영을 배우겠다고
두 번이나 강습을 끊었다.
아무리 팔다리를 휘저어도 전진이 안 됐다.
나이도 얼마 안 된 수영 강사가
이런 사람은 살다 처음 본다며 나를 포기했다.
나도 오기 있는 사람이라
남아서 한 시간씩 더 연습하다가

신장에 무리가 와서 신우염으로
2주 동안 입원을 했다.

내 마음의 열정을 몸이 따라주질 못한다.
두 번째 도전으로 또 신우염이 걸렸을 때
아무래도 나의 뻣뻣함이
수중 생활에는 적합하지 않음을 인정하고
이번 생에서 수영은 그만 내려놓았다.

또, 다시 태어나야 하나?
나도 호텔 수영장에서 우아하게
수영 한번 해보고 싶다.
젖은 수영복 차림으로 물에서 나와,
선베드에 다리 꼬고 누워
"하아, 좋구나." 하며
스파클링 샴페인을 한 모금 마신다.
아마도,
다음 생에.

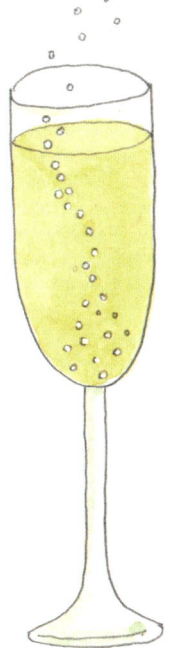

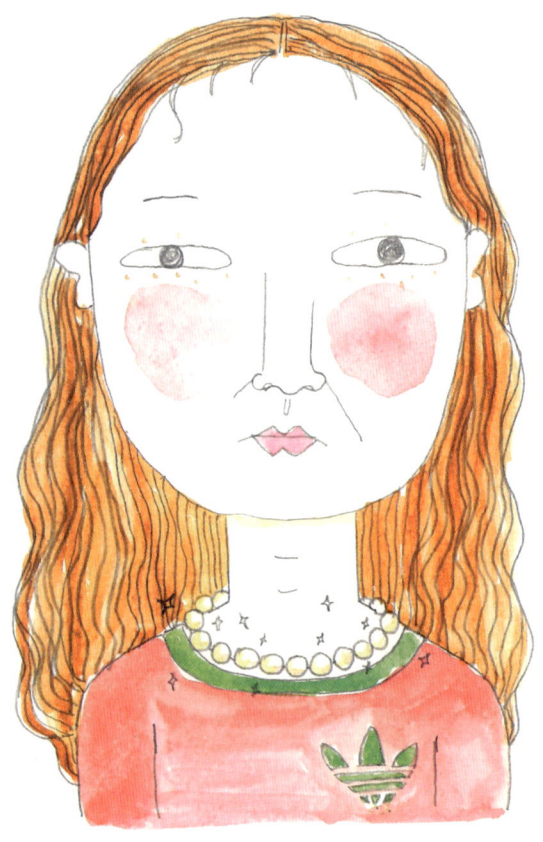

3만 원짜리
진주 목걸이

마박이가 먼저 독일로 돌아가기 전에
남포동에서 삼만 원짜리 진주 목걸이를 사줬다.
웬만하면 다들 집에
진주 목걸이 하나쯤은 있겠지만,
요즘 애들처럼 '꾸안꾸'로
맨투맨 위에 무심하게 척 걸치려면
목걸이 길이가 짧아야 한다.

지금은 패포자지만,
한때는 패션을 정말 좋아했다.
엄마가 하는 말이
엄마의 엄마 장롱에도 홍콩 양단 치마저고리가
수십 벌 걸려 있었다면서 우리 피가 그렇다 한다.

한번은 신세계 푸드코트에서 밥을 먹는데,
바닥을 밀대로 닦던 아주머니가 테이블 밑에서
내 신발을 보더니 얼굴을 올려다보며
이 신발 어디서 살 수 있냐고 물었다.
남포동이요.

시칠리아 아그리젠토의 한 카페에서는
서빙하던 웨이트리스가 내 페디큐어 색을 보더니
그 파란색은 어디서 살 수 있냐고 물었다.
한국이요.

독일 레스토랑에서 밥을 먹는데
옆 테이블 아가씨가 고데기 뭐 쓰냐고 묻길래
"한국산 봉 고데기입니다." 했다.

한때는
가방, 신발, 옷, 액세서리를 사러
홍콩, 밀라노, 도쿄를 돌았었다.
지금은 다 한국에 있다.
이십 년 전에는 유럽이나 외국에 나갔지만,
이제는 영감을 받으려면
서울로 가면 된다.

* 꾸안꾸: '꾸민 듯 안 꾸민 듯'의 줄임말이다.

* 패포자: '패션을 포기한 자'의 줄임말이다.

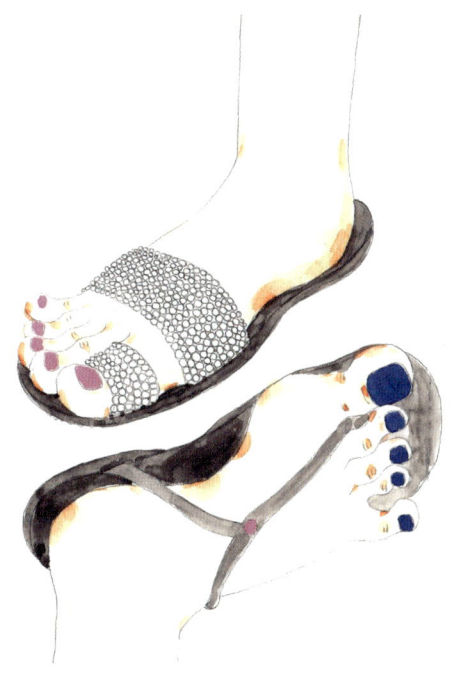

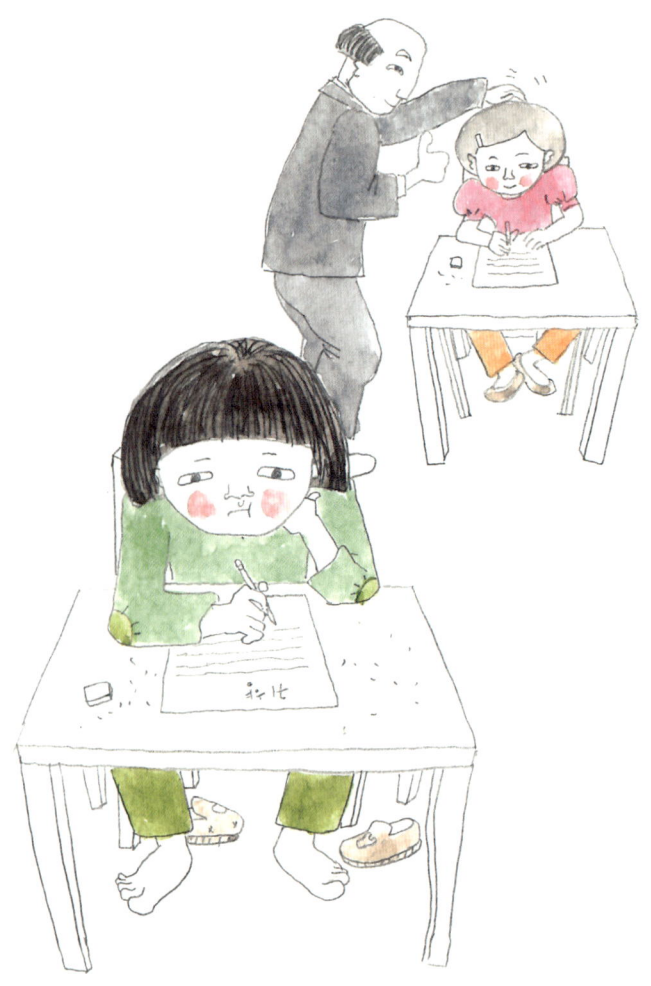

칭찬받지 못한
고래도 춤춘다

열여섯의 나는 문학소녀였다.
한번은 학교 대표로 문예 대회에 나갔다.
나와 후배가 창작 부문에 나란히 출전했는데,
방과후에 남아 문예 선생님이 준 제목으로
90분 동안 8절지에 짧은 소설을 쓰는 연습을 했다.

문예 선생님은 구성력이 좋다며
매번 후배만 칭찬했다.
글이 좋으니까 그랬겠지.
막상 대회에서는 내가 상을 받았다.
선생님은 칭찬 한마디 없이
후배가 상을 못 탄 걸 못내 아쉬워했다.
그 아이는 소설가가 되었을까?

칭찬받지 못한 기억은 오래 남는다.
그 후로 굳이 글을 쓰고 싶다는
생각은 안 했지만, 습관처럼 글을 지었다.
내 안에다 주눅 든 고래를 가두고,
모든 말을 문장으로 만들어 속으로만 삼켰다.
말은 안 하고 머릿속으로만 글을 떠올리니,
언니 친구가 "네 동생, 말 못 해?"
물어보더란다.

살면서 어느 날인가
내 소심한 세상이 한심하고 지겨워
글짓기를 집어치우고
모든 것을 밖으로 쏟아내기 시작했다.
시집(詩集) 따위는 다 갖다 버리고
그 많은 자기계발서가 말하는 인간형이 되기 위해
단번에 세상 밖으로 나를 내던져 버렸다.
나도 칭찬을 들었으면 소설가가 되었을까?

지금은 깜냥이 된다.
속이 능글능글해져서
글도 쓰고, 말도 잘한다.

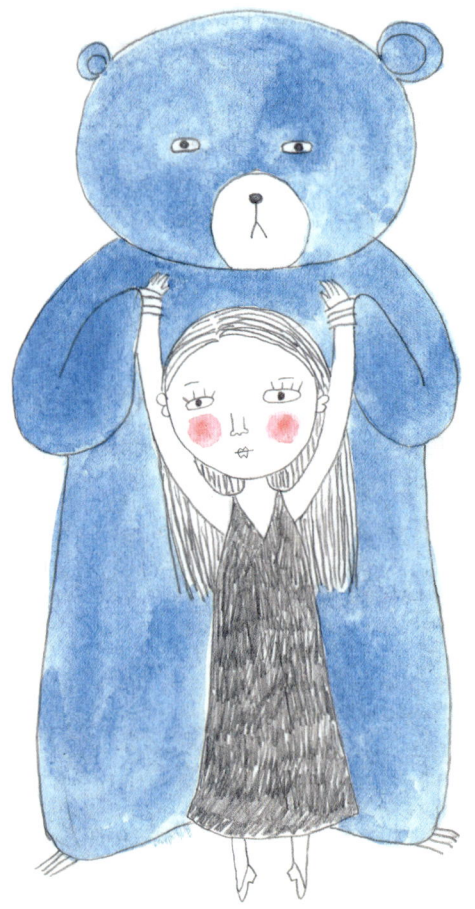

사랑하는 것을
너무 사랑하면

사람들은 꼭 묻는다.
한국과 독일, 어디가 더 좋으냐고.
한국은 빨라서 좋고
독일은 느려서 좋다.

어느 한 곳을 너무 사랑하면
지독한 향수병에 시달리게 된다.
더 늙어 다리 힘이 없어 여행을 못하게 되면
한쪽 나라에 살아야 하는데
한 사람은 자기 나라가 그리워
남은 삶을 눈물로 보낼지도 모른다.

부부 사이도 그렇다.
너무 많이 사랑하지 말아야 한다.
너무 사랑하면, 한 번 크게 다투고 나서
그만큼 다시 사랑하기가 어렵다.
사랑은 언제나 용서하는 것이다.
너무 많이 사랑하면
배신감도 같이 커져 용서가 잘 안 된다.

적당히 보고 싶고, 그리워해야 한다.
혼자 있어서,
혼자 두어서 마음이 안 좋아질 땐
"Stay strong"

마음을 강하게 먹자고
서로 그렇게 말하며 다짐한다.
그래도, 만약 더 슬퍼지면
둘 중 하나는 자기 일을 포기하고
비행기 티켓을 끊어야 한다.

몇 달을 떨어져 있더라도
자기의 삶을 오롯이 살아내야
이 삶을 계속해 갈 수 있다.
사랑하는 것도 계속 사랑할 수 있다.

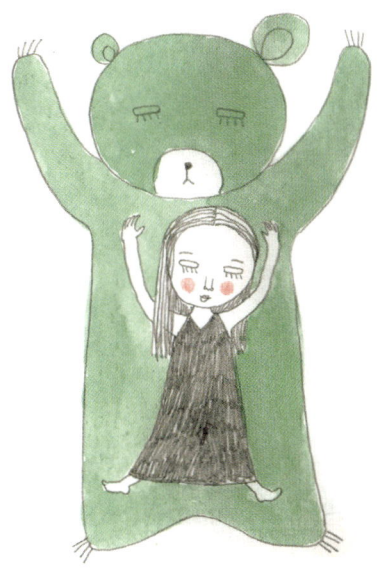

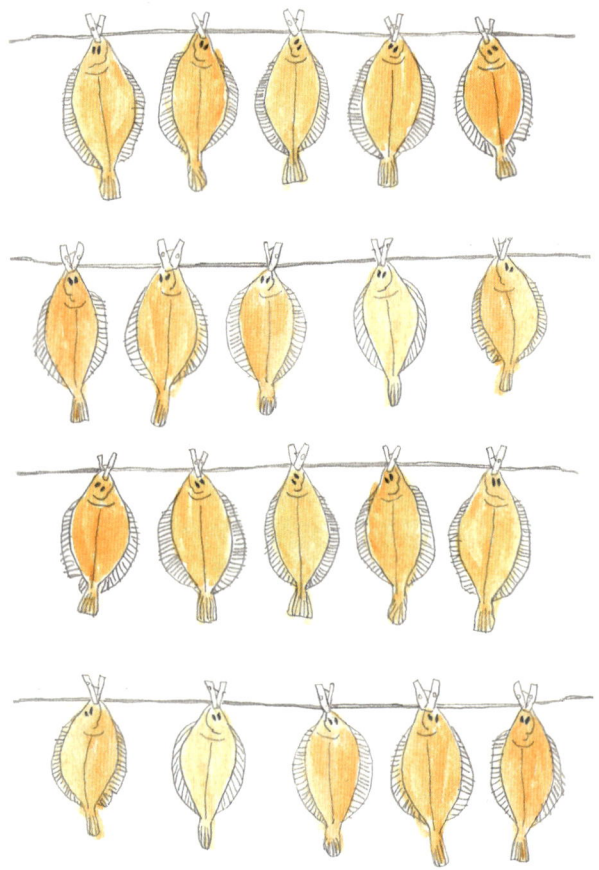

잔잔해진 눈으로
뒤돌아보는

통영은 스무 살에 떠난 뒤로
수없이 다시 돌아오는 곳이다.
백석 시인이 자다가도 일어나
바다로 가고 싶다고 했던,
바로 그곳.

'명정샘이 있는 명정골'에
시인의 연인, 난이라는 처녀도 살았고,
나도 거기 살았다.
태어나 자란 집이 아직도
서피랑 아래 퍼렇게 그대로 있다.

정당새미 윗우물은
충렬사에 올리고 식수로도 쓰고
아랫우물은 아낙들이 빨래하고
여름밤이면 아이들 씻기고 목욕도 했는데
어둠 속에선 동네 선머스마들이
머리 처박고 숨어서 다 보고 있었지.

연탄재 버리는 날이면
비탈길을 어른, 아이 할 거 없이
하얀 연탄을 지고 뛰어 내려가고
아낙들이 정당새미에서 기른 물을

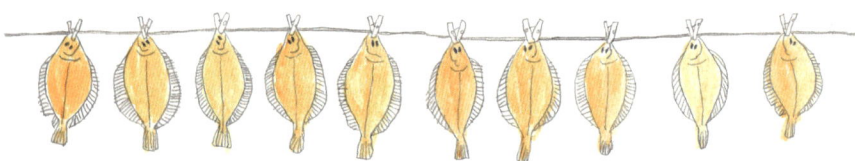

물동이에 이고 오르던 그 골목길.
나는 매일 서럽게 학교 오가던 길.

놀다가 높은 데서 떨어져 다쳤는데
지금 서 보니 허리 높이도 안 된다.
골목집들은 장난감 같고
길은 왜 이리 좁은 건지.
무사 세월만 간 줄 알았는데
나 크는 동안 이 길은 이리 늙어 쪼그라들었나.
이제 골목길은 문학의 길이 되어
칠봉이네 벽에도 위대한 문장이 쓰여 있다.

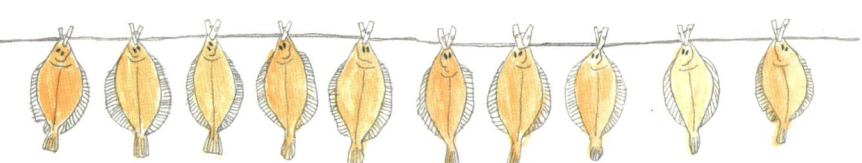

세상을 여행하다가
몬테로소의 분홍 벽에
얼룩이 돼버린 그 고양이처럼
아주 먼 길을 돌아온 나는
그분의 문장 앞에 오래도록 서 있었다.

"잔잔해진 눈으로 뒤돌아보는
청춘은 너무나 짧고 아름다웠다.
젊은 날에는 왜 그것이 보이지 않았을까."
- 박경리 -

* 서피랑: 통영에 있는 언덕 마을. 통영 강구안을 기준으로 서쪽에는
  서피랑이, 동쪽에는 벽화마을로 유명한 동피랑이 있다.

* 정당새미: 통영 명정동에 있는 명정샘의 옛 이름이다.

* 박경리, 「버리고 갈 것만 남아서 참 홀가분하다」의 「산다는 것」중
  에서, 다산책방

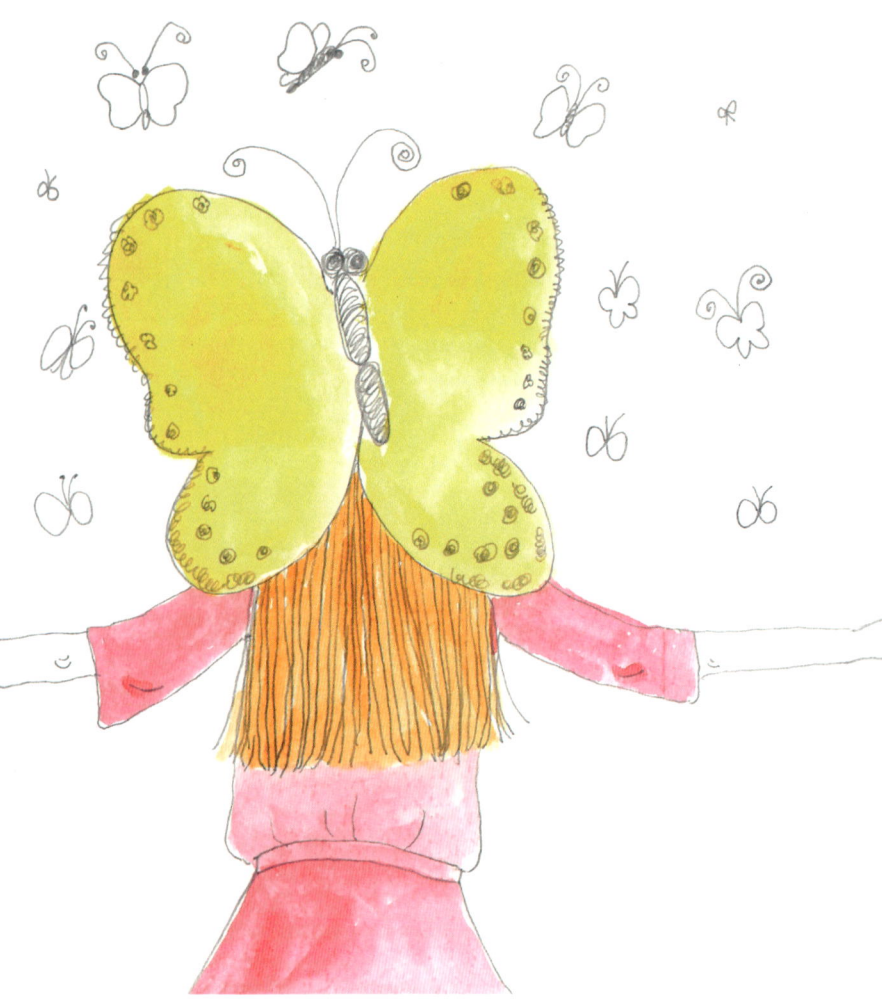

오십이니까
아프다

'아프니까 오십이다.'
라고 제목을 짓고 싶은데
아프니까 청춘이다부터
아프니까 사십이다
아프니까 환자다 등등
'아프니까' 시리즈가 너무 많다.

세상 돌아가는 건 이제 좀 알겠는데,
우리는 그냥,
온 삭신이 아프니까 오십이다.
너덜너덜,
몸은 만신창이로 아픈데
살랑살랑,
마음은 더 푸른 봄이고
팔랑팔랑,
들에 갓 나온 봄 나비다.

꽃이 지는 게 아니라
잎이 나는 거다.
열매를 맺으려고 꽃이 진다.
속이 단단히 차고
꽃보다도 향기롭고
달달하게 익어간다.

약봉지에 뭐라 쓰여있나 안 보인다고
늙었다고 착각하지 마라.
아무것도 포기하지 말자.
입술도 좀 발갛게 바르고
등 펴고 아랫배에 힘 딱 주면
못할 일이 없다.
겨울 다 가고 봄이 온다.
분홍치마 꺼내 입고
나비처럼 예뻐져서,
봄 마중이나 가자.

오십이니까, 예쁘다.
아직 나는 내 드라마 주인공이다.

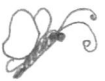

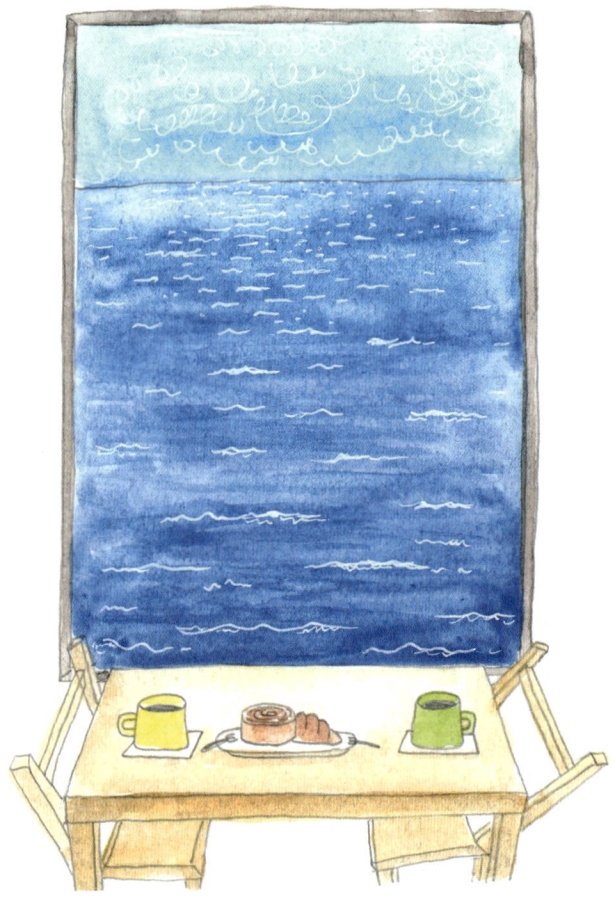

바다가
보이는 자리

"바다 볼라꼬, 이 비싼 커피값 내고
여기 와서 커피 마시는 거 아이가."
옆자리 아저씨가 말했다.

바다는 통영에도 있는데
부산 와서 바닷가 커피숍에서
바다가 보이는 자리에 앉아
커피를 마셔야 맛이가?

"통영 바다랑 부산 바다랑,
틀리다 아이가."
갱이가 말했다.

뭐가 틀리노?
다 같은 바다 아이가.

"통영 바다는 예쁘고
부산 바다는 머싯따아이가."

통영 바다는,
열아홉 소녀 윗가슴에서 내도록 울렁거렸다.
'나를 어쩌란 말이냐'
바다에 물으면,
애꿎게 가슴에 철썩철썩 파도만 부딪혀 왔다.
그래서, 통영 바다는 푸른 멍이 들었다.

부산 바다는,
삼사십 얄궂은 안가슴에 눈부시게 찰랑거렸다.
'나를 어쩌란 말이냐'
또 물으면,
바다는 대답 대신 청춘의 푸른 멍을
쏴아아 씻어 가 주었다.
그래서, 부산 바다가 파랗다.

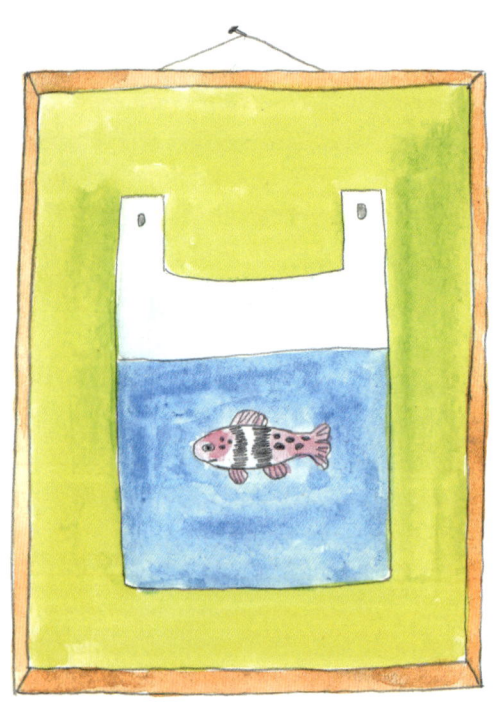

코이의 법칙

코엑스에서 열린
K-일러스트레이션페어에 갔다.
어떤 일러스트레이터가
물고기가 봉지에 담겨있는
포스터를 그려놓은 것을 보았다.

이게 무슨 물고기냐고 물었더니
코이 물고기라고 했다.
코이는 헤엄치는 보석이라고
불리기도 하는 비단잉어인데
작은 어항에 넣어두면
10센티도 못 크지만
넓은 강에서 자라면 1미터를
훌쩍 넘어까지 자란다고 한다.
그래서 코이를 방생하러 가는
그림이라고 했다.

어쩌면 나도
생각보다 더 클 사람인지도 모른다.
인생 대부분을 먹고 사는 일에 붙들려
거기서 거기를 왔다 갔다 하며 살았다.
내 간도 딱, 그만해져서
유리에 비친 모습이
바로 나라고만 믿고 살았다.

꿈은 세상 저 너머에 있는 거라
뛰어넘기에 나는 늘 너무 작았다.

이제라도, 나를 한번 방생할까 한다.
드넓고 거친 저 바다로.
늦은 감이 없진 않지만,
더 큰 물에서 놀게 되거나,
아니면 파도에 휘말려 죽거나.
둘 중 하나다.

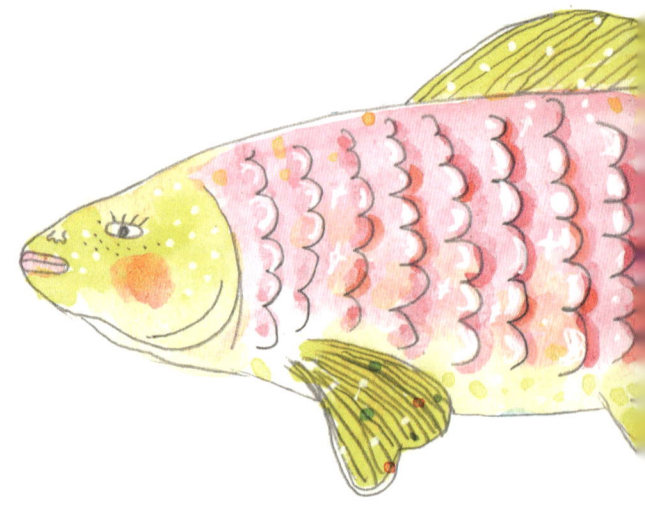

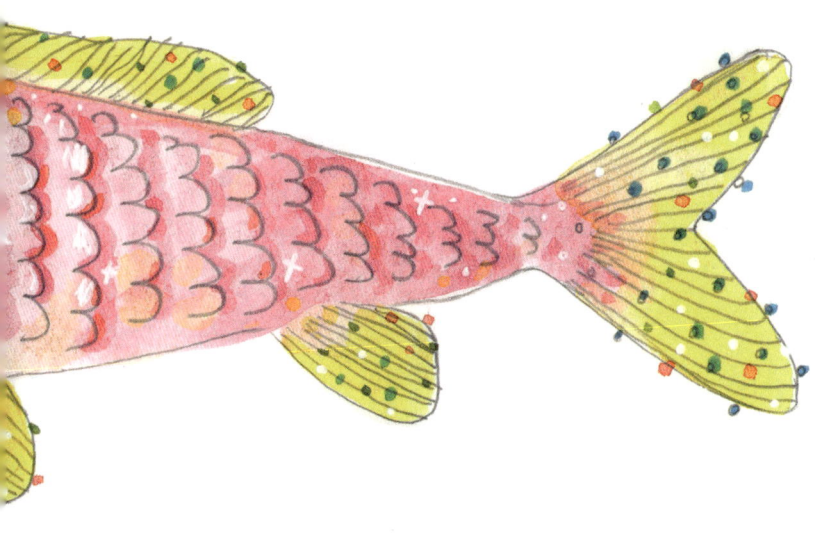

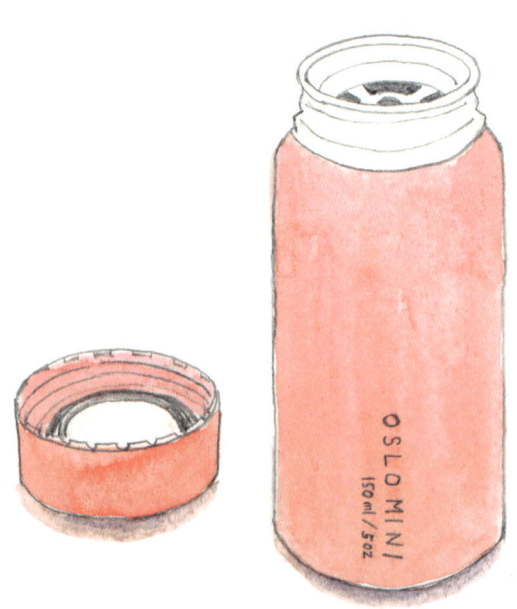

하찮고
위대한 쓸모

식당에 갔을 때 첫인상은
어떤 물을 내주느냐다.

한국에서 최근에 간 식당은
끓인 차 같은 물을 적당한 온도로 식혀
스테인리스 보온 주전자에 담아주었다.
안심하고 마실 수 있고,
원하면 원하는 만큼 또 따라 마실 수 있었다.
손님에게 내는 첫 물부터 정성을 들이는 집은
더 따져볼 것도 없이 음식 맛도 좋다.

독일 식당에 가면 물을 주지 않는다.
돈을 주고 사 마셔야 한다.
공짜로 주는 물은 수도꼭지에서 나온 물이다.
뜨거운 물 한 잔과 미네랄워터를 시켜
미지근하게 섞어 마신다.

초등학교 때 선생님이 미래에는
물을 사 먹는다고 해서 큰 충격을 받았는데
독일에서 물을 시키면
이 뜨거운 수돗물을 주는 것도
너무 불친절해서 진짜 충격받는다.

이 지역 프랑코니아 사람들은
우리 토영 사람처럼 마음은 안 그렇다는데
평소에도 화가 많이 난 얼굴을 하고 있고
한 번 더 시키면 죽여버리겠다는 표정으로
짜증스럽게 물 잔을 테이블에다
집어던져 버리고 간다.

이런 걸 겪고 살다가
교토에서 물을 시킨 경험은 큰 감동이었다.
뜨거운 물을 부탁하면
어느 정도 뜨거운 물을 원하는지
귀찮을 정도로 자세하게 물어보고
어떤 곳은 찬물을 같이 주면서 원하는 정도로
직접 섞으라고 두 잔의 물을 주기도 했다.
나중에도 온도가 괜찮은지 다시 와서 물어봐 줘서
나 같은 사람은 그런 배려가 얼마나 고마운지.

올해부터는 내가 원하는 온도로 물을 섞어
150ml짜리 미니 텀블러에 담아 항상 가지고 다닌다.
종이컵 한 잔의 물이 들어가고
가벼워서 작은 가방에 쏙 넣고 다니며
가는 곳에서 수시로 리필해 마신다.
나에게는 이게 생명수다.

위급할 땐 위산을 눌러주는 구급약이 되고,
틈틈이 목 축일 때도 좋고,
깜빡한 약을 챙겨 먹을 때도 유용하다.

작년까지만 해도
"에고, 이 작은 텀블러를 어디다 써?"
"소꿉장난할 거야?" 했는데,
하찮지만 아주 위대한 쓸모가 생겼다.
미니 텀블러가 이 세상에 꼭 필요하다는
비슷한 생각을 하는 사람들이 있어서
덕분에 더 나은 삶을 살 수 있게 되었다.

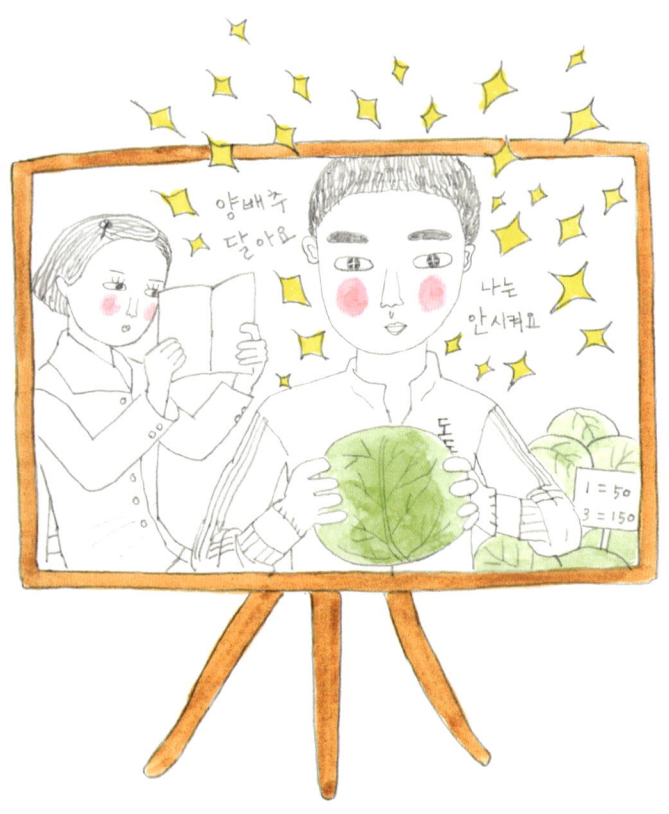

이제
안구 정화의 시간

박보검 배우가 나오는 드라마는
무조건 봐야 한다.
남주의 반짝이는 얼굴만 보고 있어도
"우와" 힐링 된다.
안구 정화는 기본이고
시력 증진까지 한번에 된다.

어느 날, 마박이가
드라마 '도깨비'를 정주행하더니
인생 드라마라며 크게 감탄했다.
그 후로
'알함브라 궁전의 추억'
'미생'
'미스터 션샤인'
'동백꽃 필 무렵'까지
줄줄이 시청 완료.
한국 드라마는 왜 이리 재미있냐며
"크레이지!! 어메이징~"을 연발했다.

영화 '기생충'을 두 번 보고는
주변 친구들에게 열심히 추천했지만
그들은 "글쎄... 잘 모르겠는데?" 하는 반응이었다.

마박이는 김치맛도 알고
잘 담근 된장으로 끓인, 된장찌개 참맛을 안다.
그네들은 모르는.

독일에 있으면서 한국 드라마를 많이 본다.
해외 은둔형 외톨이에게 드라마에서
흘러나오는 한국말은 정서적 안정감을 준다.
드라마를 보다 예전보다 잘 울고,
혼자 밥 먹을 땐
TV 소리를 크게 틀어놓는다.

한번은 송중기 배우가 나오는
드라마 '빈센조'를 보고 있는데
내 눈이 과하게 반짝이는 걸 본 마박이가
한국 남자 배우들은 왜 저리 잘 생겼냐며
그럼 자기도 수염을 다 깎아야겠다고 했다.
아니야 제발 그것만은...
갑자기 눈이 침침해지네.

다음날, 마박이는 송중기 옷 스타일을 따라
베스트가 딸린 정장을 두 벌이나 사 왔다.

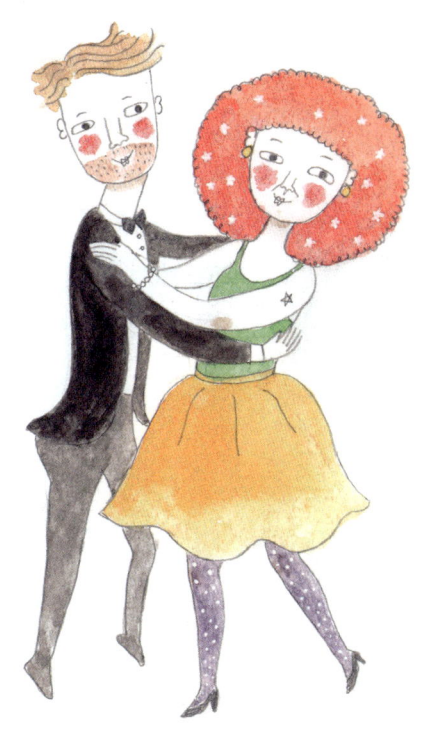

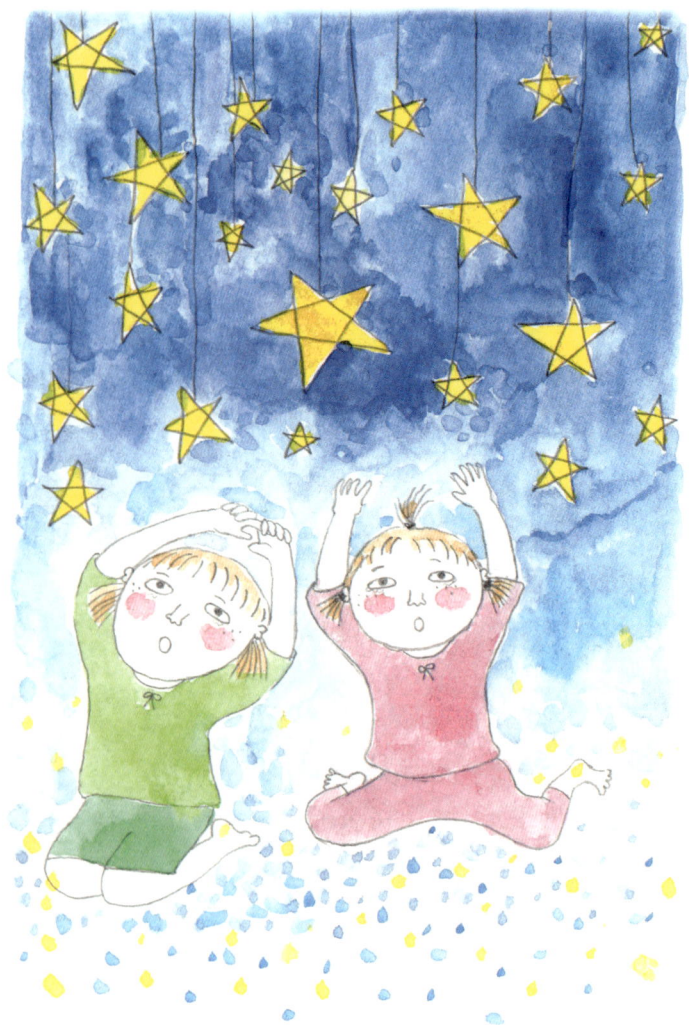

부끄러운 고백

중학교 때 담임선생님이
반 아이들의 눈을 모두 감게 하고
한 번이라도
남의 물건을 훔쳐본 적 있는 사람은
손을 들어 보라고 했다.

어릴 땐 누구나 한 번쯤은 그런 실수를 한다며
그게 정상이라고 했다.
도둑질한 사실보다
누군가에게 털어놓지 못하는 게
더 부끄러운 일이라고까지 했는데도
소심한 나는 끝까지 손을 들지 못했고
영원히 부끄럽게 살아가게 되었다.

공소시효도 지나고 해서 밝히는데
여섯 살 때 바로 위 언니와
그 당시 자주 놀러 가던
이웃집 서랍장에 있는 삼천 원을 훔쳤다.
사오십 년 전이라
문 잠그고 다니는 사람도 없고
이웃집에 어디에 뭐가 있는지
서로 다 알고 지냈다.
그게 그렇게 나쁜 짓인지 몰랐다.

갑자기 부자가 된 우리는
마치 어린이날이라도 된 것처럼
시내 중국집에서 짜장면을 사 먹고
사이다도 사 마시고 행복한 하루를 보내고
해질 때가 다 돼서 집으로 돌아왔다.

집에 돌아와 보니
온 동네에 벌써 소문이 다 돌고
맏언니가 이미 돈을 물어주고
사죄까지 한 뒤였다.
우리 둘은 빗자루 몽둥이로
아주 그냥 비 오는 날 먼지 나게
두들겨 맞았고 대문 밖으로 쫓겨나
두 손 들고 밤늦도록 벌을 서야 했다.

그날따라 밤하늘에 우리 동네 별들만
유난스레 총총하게 빛나고 있었더랬다.

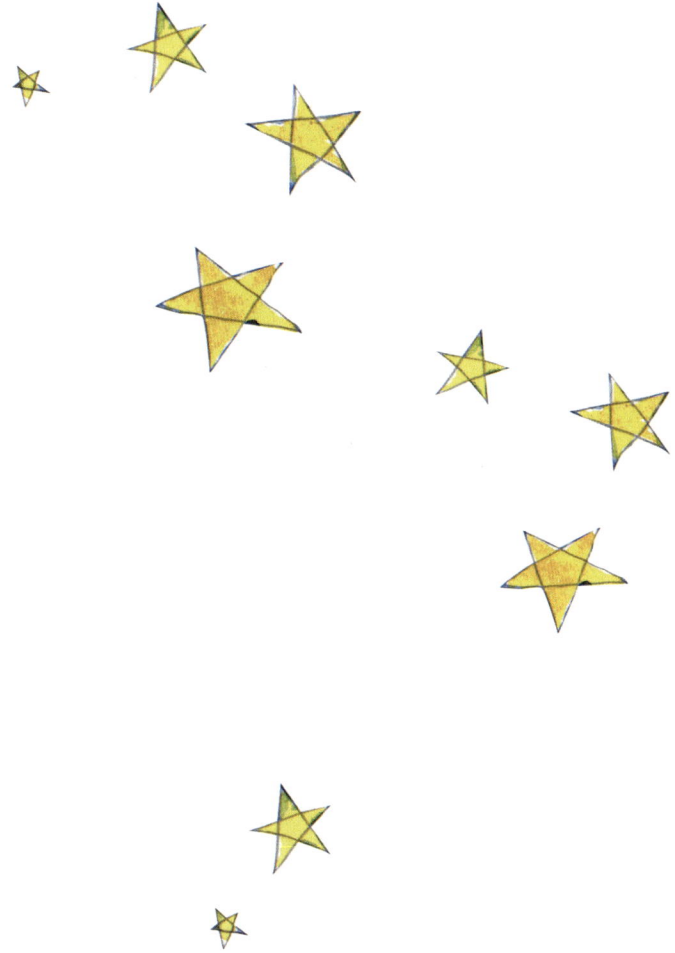

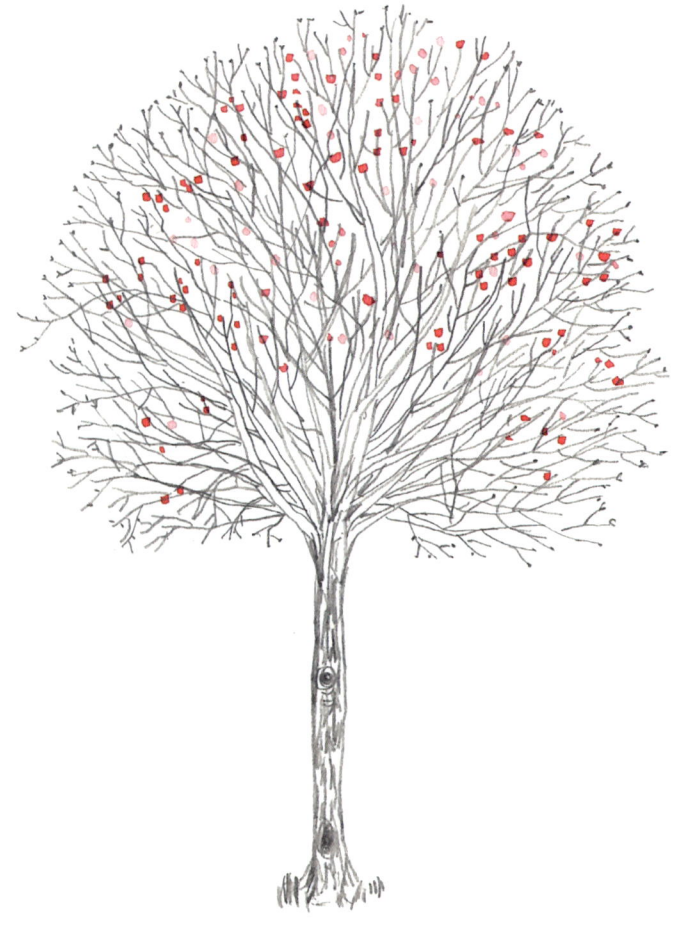

봄꽃이
필락 말락

며칠 잠깐 따뜻하더니
어린 가지 끝이 불긋불긋하다.
아, 봄이 오는가 보다.
매년 왔다 가는 손님인데
또 오는 것이 이리도 반갑나.

겨울이 너무 길었다.
봄바람이 부나 안 부나
새순이 올랐나 꽃이 피었나
저 너머 산허리를 자꾸 쳐다본다.
봄은 쉽게 오는 법이 없다.

올 봄이 오지 안 올까.
조금 따뜻해졌나 싶으면
바닷바람이 저리도 애꿎게 질투를 내니
검은색 겨울 패딩은 이제 보기도 지겨운데,
벌써부터 사둔 노란 꽃무늬 블라우스는
언제 입고 나가 보나.

꽃샘바람 좀 그치고
우리 동네라도 푸근해지면,
1월에 태어난 겨울 아기
감기 안 들게 꽁꽁 싸매고
처음 마실 한번 데리고 나갈 텐데.

꽃이 피면 봄이 온다.
산수유꽃이 제일 먼저 노랗게 올라오고
목련, 진달래, 개나리, 벚꽃.
이 많은 봄꽃 피는 것 다 보고
지는 것도 다 보고 떠나고 싶은데.

나는 참 할 일도 없는 사람이라
제일 먼저 설치며 봄을 기다린다.
내 나이를 한 살 더 먹으니
한 살 늙은 봄이 온다.
몸이 무거워서 이리 더디 오냐?

꾸짖어도
붉은 꽃은 필락 말락.
아직도 봄은 올락 말락.

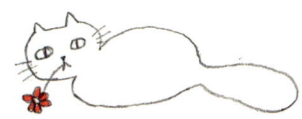

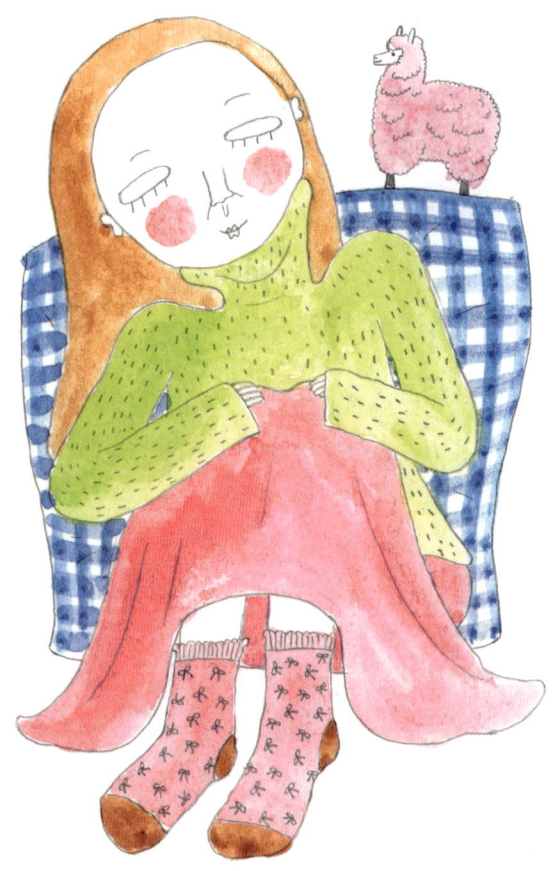

양말에
애착하는 삶

어디서든 새 양말을 보면
안 사고는 못 배긴다.
서랍을 다 뒤지면 백 켤레는 되고
아직 안 신은 양말도 많은데 또 사잰다.

속옷은 낡은 것을 입더라도
양말은 잘 차려 신어야 한다.
남한테 보여줄 것도 아닌데
양말은 특별히 신중하게 골라 신는다.

기분이 산뜻해지고 싶은 날에는
핑크나 노랑 같은 밝은색을 신고 나간다.
밖에서 회의가 있는 날에는
일이 잘 풀리기를 염원하며
전날 저녁 내일 입을 속옷 위에
검은색 새 양말을 경건하게 모셔둔다.
누구네 집에 방문해야 하면
미리 신발 벗을 것을 상상해
너무 튀지 않고 옷과 잘 어울리는 색을 고른다.

핑크에 브라운, 블루에 그린 같은
좀 어긋하는 배색을 선호하고
줄무늬보다 체크, 땡땡이가 더 좋다.

여름철에는 너무 짧은 것보다
복숭아뼈 위로 살짝 올라오는 길이가 딱 좋고
겨울에는 장딴지까지 올라오는 길이가 좋다.

소재가 부들부들해도 걷는데 미끈거려 불편하다.
발가락을 너무 조이지 않게 품이 넉넉하고
특히 발바닥이 두터우면 신었을 때 푹신하다.
발목 밴드가 너무 조이면 피가 안 통할까 걱정된다.
발이 행복해야 그날 만사가 편안하다.

빨고 나서 확 줄어 아기 양말처럼 되어버리거나,
발목이 늘어나 걸을 때 자꾸 벗겨지면
미련 없이 쓰레기통에 던져 버린다.
자주 빨면 금방 헌 양말처럼 될까 봐
한 번 신으면 4~5일은 더 신고 나서 세탁기로 보낸다.
혼자 착각인지 몰라도 냄새는 안 난다.
옷도 양말도 안 빨고 오래 입는 걸 좋아한다.

내가 아무리 넉넉하지 못해도
양말만은 돈 안 아끼고 사치를 다 부리고 싶다.
가는 날까지 실컷 양말 낭비하고
평생 양말 걱정 없이 양말 부자로 살리라.

친구랑 둘이 다음 생에는 자기 아버지 회사에
다니는 사람으로 태어나자고 다짐했는데
나는 양말회사 사장 딸로 태어나면 되겠다.

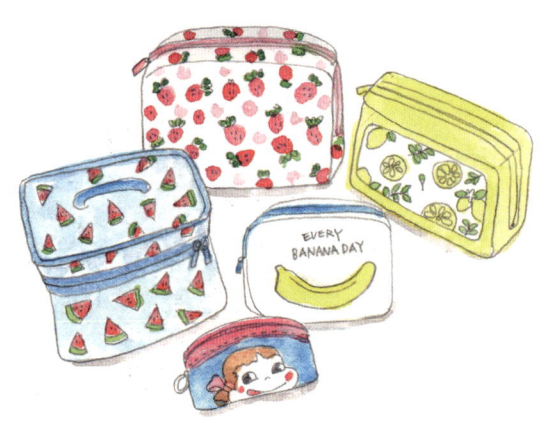

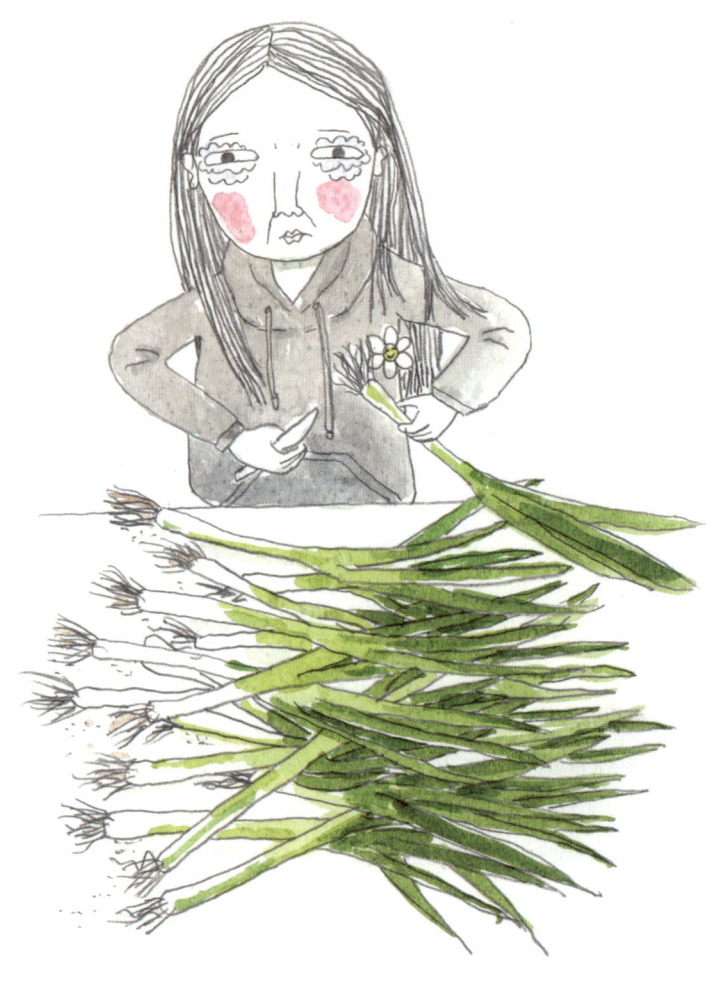

파를 다듬다가

흙 대파를 다듬다 보니 눈가가 촉촉해진다.
눈물이 난 김에, 잠시 감상적으로 되어 본다.
아이들한테 커서 뭐가 되고 싶냐고
물어보듯이
늙어서 뭐가 되고 싶냐고 누가 물었다 치면
나는 넉넉히 주는 사람이 되겠다고
말하고 싶다.

원래는 손이 커서 마박이와 둘이 먹을 음식도
5인분을 만들어 다 먹지도 못하고 남기고
어딜 가도 신발 끈 오래 안 묶고 웬만해선
내가 계산하고 주는 즐거움을 알고 살아왔다.

마박이 친구들도 초대해서 음식을 해 먹이고 싶지만,
독일 젊은이들은 이유 없이 주지도, 받지도 않는다.
친구, 친척, 동료.
그 정도의 관계로도 잘만 살아간다.
물질만능의 세상을 거부하는 건지
조금 더 삭막한 세상을 사는 건지 잘 모르겠다.

시동생이라고 뭘 좀 챙겨주려고 해도
이유 없이 선물 같은 것은 안 받는단다.
결혼 초에 안 받겠다는 대답을 여러 번 들었다.
그럴 때는 살짝 기분이 상한다.

주는 것을 안 받으면 왠지 정이 안 간다.
꼭 내 마음을 거절당했다는 생각이 들어
그 뒤론 뭔가를 주는 것은 삼가게 됐다.

생일날 남의 집에 갈 때도
손이 부끄럽게 대부분은 빈손으로 간다.
우리는 이웃집을 가더라도
귤 한 상자라도 사 들고 가라고 배웠지만
마박이의 방식을 존중하고
한국식 문화를 강요하진 않는다.
마박이도 한국 있을 땐 우리 식대로 잘 따른다.

이제 와 뉘우치건대
내가 많이 인색해진 것 같다.
딱 받은 만큼 주고 더 주거나 하지 않는다.
주는 쪽보다는 받는 쪽이 되었다.
왜 마음을 물건이 아닌
마음으로만 표현하고 있었을까?
이것도 나이가 들어서 그러나?
가만 보니 흉보면서 닮는다고
나도 모르게 독일 사람이 되어가고 있었다.
어르신은 입은 닫고 지갑은 열라고 했다.
아끼지 말고 많이 퍼주고
넉넉하게 나누며 나이 들어야겠다.

눈물이 주르르 나는 김에,
이참에 잘못 쓰던 마음을 고쳐먹고
어떻게 더 괜찮게 늙는 사람이 되어 볼까
알뜰히 참회의 시간을 보냈다.
파를 다듬다가 갑자기.

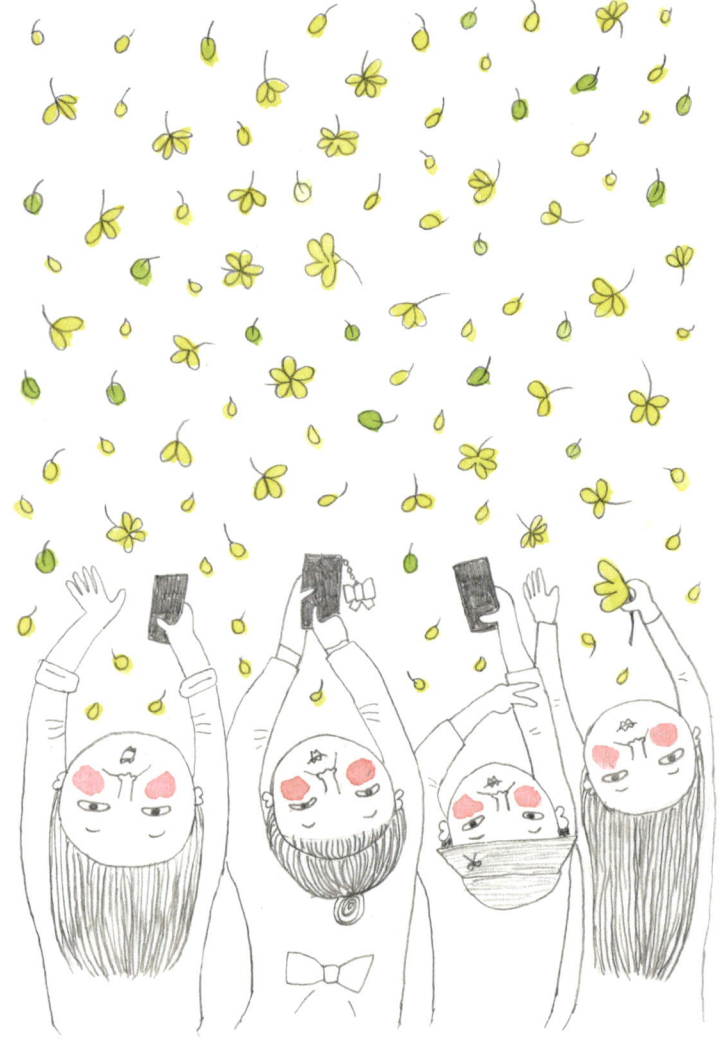

언니들의
봄이 왔어요

엄마가 아들을 네 번이나 못 낳는 바람에,
실수로 딸 넷이 세상에 나왔다.

생긴 것도 국적이 다 다를 것 같이 생긴 데다
성격도 참 다양하고 별나게 낳아 놔서
엄마는 하루도 바람 잘 날 없이 살게 됐다.

이번 봄에 어떤 일로 의기투합해서
인생 처음 제1차 자매 여행을 제주도로 갔다.
아니나 다를까 가는 날 아침까지 가네 안가네 하며
꼭 어느 한 자매님은 애를 먹이니
이래가지고 우리나라 통일이 되겠나 싶다.

자매끼리 제주도 간다니까
속 모르는 사람들은
우애가 좋다며 부러워했고,
엄마는
"그리 싸워대더니,
같이 여행가니 좋냐"
하며 놀렸다.

제주도 가서 맏언니가 기분이 좋은지
콧노래를 흥얼거리는 것을 난생처음 보았다.
여행도 코드가 맞아야 같이 간다 했는데
다들 하나같이 관광지 다니기는 싫고

소품샵 구경에 카페는 하루 두 번 가는 것에
순순히 만장일치로 동의하고 만족해했다.
한 뱃속이 이래서 무서운 거다.

"그동안 먹고사는 게 텁텁해서 그렇지
어디 내놔도 안 착한 애가 없다."
라고 우리 엄마만 말한다.
예전에는 모이면 누구 하나는 꼭 싸우고 갔는데
이제 다들 피가 미적지근해져서
어지간하면 가는 날까지 얼굴은 안 붉힌다.

"뒤에서 욕하지 말자,
그전에 욕 들을 짓을 하지 말자."
2024년 단톡방 구호를 공지하고
상반기 특별단속을 실시한다.
나는 언니들 모아놓고 대장 노릇을 하는데
다들 그냥 막내라서 봐주는 식이다.

여행 다녀오자마자 또 우당탕, 시끄럽다.
아직 젊다. 다들 청춘이다 청춘.

친구 앞에서 좀 투덜거렸더니
그래도 넌 언니도 있고 엄마도 있잖냐고 해서
한참을 생각해 보다가 그래, 맞아 하고

험담할 언니와 엄마가 없는 사람도 있는 것에
투정을 취소하고 미안해한다.

자매들이 한 살씩 더 먹어가며
하나둘 병을 얻는 게 안타깝다.
매년 눈부시게 화창한 봄날엔
누구 하나 빠지지 말고 다 같이 봄나들이 가자.
다들 아프지 말고,
천천히,
천천히 늙어라.

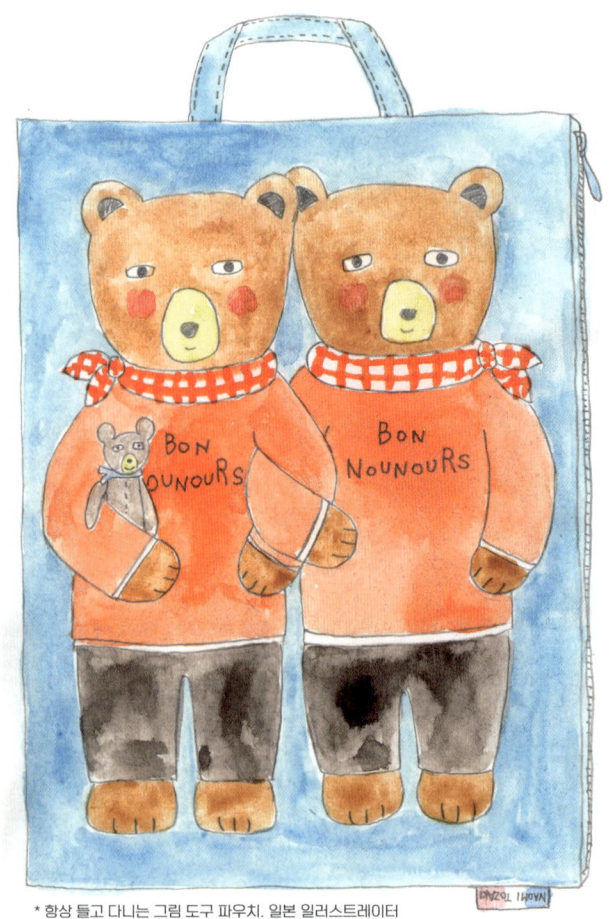

* 항상 들고 다니는 그림 도구 파우치. 일본 일러스트레이터
  나오미 토자키가 디자인한 제품

아무 때나
전화해

아무 때나 전화 와서
뭐 하냐고 묻는 친구가 있으면 좋겠다.
나는 정말 사소한 일을 하던 중이라고 답하리라.
어제는 뭘 했는지,
내일은 뭘 할 건지도 물어 봐주는,
그게 아침이든 밤이든
아무 상관 없는 그런 친구가 있으면 좋겠다.

마음이 잘 통하는 사람과
늘 대화를 하면 마음의 병이 안 생긴다.
있던 병도 괜찮아질 거다.
그런 친구는 단 한 사람이면 된다.

이제는 친구에게 더 배울 지혜도 없고
어떻게 살아갈지 해답을 들을 일도 없다.
그저 무슨 반찬과 밥을 먹었는지 알고 싶다.
오늘 어디 아픈 데는 없는지 잠은 잘 잤는지
굳이 중요한 일이 있다면,
새로 생긴 맛집에 같이 가는 약속을 받아내는 것.

더 젊은 날은 까칠하고 예민한 여자였다.
아마 나는 가까이 와서 허물없이 지내기에
너무 어려운 사람이었는지도 모른다.
그걸 나만 모르고 살지 않았나 싶다.

친구야, 내 안에 아무리 다 퍼주어도
바닥나지 않을 우정이 말도 못 하게 많이
쌓여 있다는 것을 알기를 바란다.

혼자 있어야 공부도 하고 일도 하니까
혼자 다 보낸 젊은 시간을 후회하지는 않지만
친구를 만나서 같이 밥을 먹고
자잘한 일상의 수다를 떠는 일이
늘 하고 싶었던 대단한 일이었다고.

지금은 친구 같은 남편, 마박이가 있다.
거짓말은 되도록 하지 않고,
어제 뭐 했고 오늘 뭐 하고 내일 뭐 할 건지도
깜빡 잊지 않은 한 다 얘기한다.
그래서인지 마음이 많이 건강해졌다.
사는데 속 걱정이 없으니
배가 자꾸 나오는 게 문제지만.

생존을 위해서도 친구가 필요하다.
먹을 것이 없어 죽는 사람은 드물어도
친구가 없으면 외로워 죽는다.
모든 것을 다 가져도 혼자 행복한 사람은 없다.
내게 오는 인연을 소중하게 생각하며
아직 많은 사람들을 친구로 만나고 싶다.

이제 다시 독일로 돌아가면,
여느 날처럼 뉘른베르크의 페그니츠 강이
흐르는 작은 카페에 홀로 앉아
친구 얼굴을 살뜰히 그리워하게 되겠지.

친구야,
아무 때나 전화해.

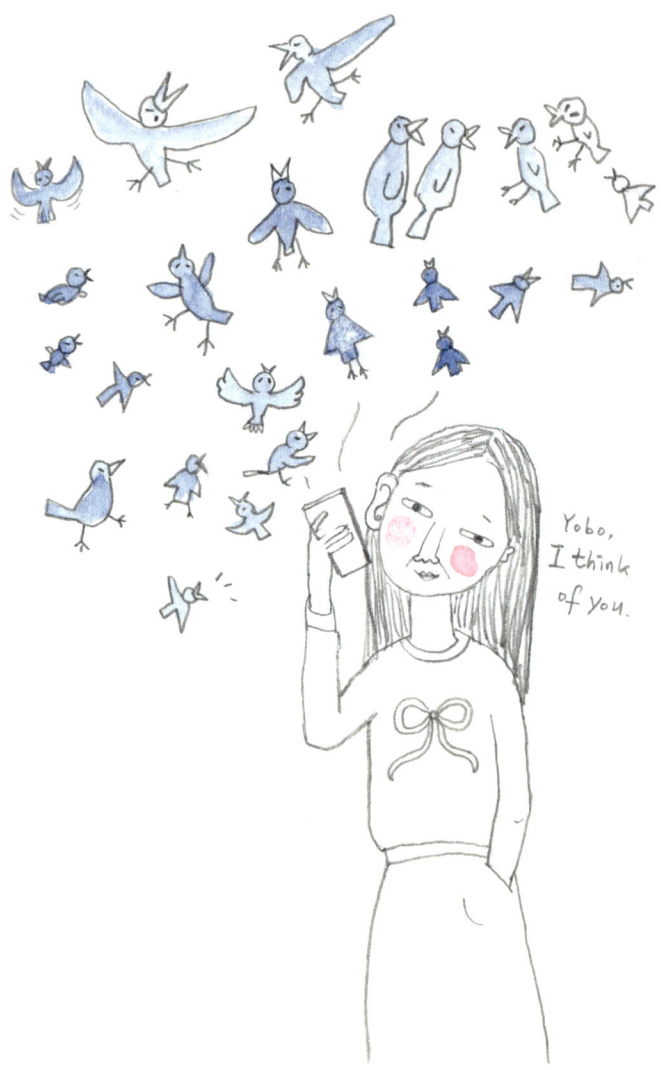

Yobo,
I think
of you.

독일에서 온
아침 인사

독일에서 전화가 왔다.
그쪽은 지금 아침이다.
발코니 너머로 온갖 새소리가 들려온다.

호로롱 뾰로롱
호삐 호삐
뾰뾰뾰뾰 뾰뾰뾰뾰

전화를 건 건 마박인데,
새들이 더 할 말이 많나 보다.
언제 집에 올 거냐며
잔소리한다.

"굿 텐 모르겐"
이제 일어났어?

"같이 밥 먹고 싶다."
나도 그래.

"따뜻해지면 같이 여행 가자."
응, 그래 가자.

"한 1년 휴가 내서
둘이 내내 같이 있으면 좋겠다."
······
'그건 좀 아닌 것 같은데'

"여보 생각 많이 해."
나도.
곧 갈게.

호로롱 뾰로롱
호삐 호삐
뾰뾰뾰뾰 뾰뾰뾰뾰

새들이 독일 소식을 더 들려준다.
발코니 앞 나무들은
푸른 옷을 다 갈아입었고,
여기저기 예쁜 꽃도 피었단다.
햇살도 많이 따뜻해져서
이제 발코니에서 자주 좀 볼 수 있겠다며.
독일말처럼 새소리도 어차피 못 알아들으니
혼자서 내 식대로 해석을 해 본다.

어쨌든,
집으로 돌아갈 생각을 하니
마음이 설렌다.

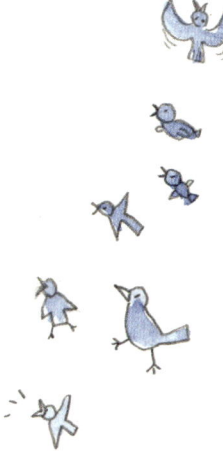

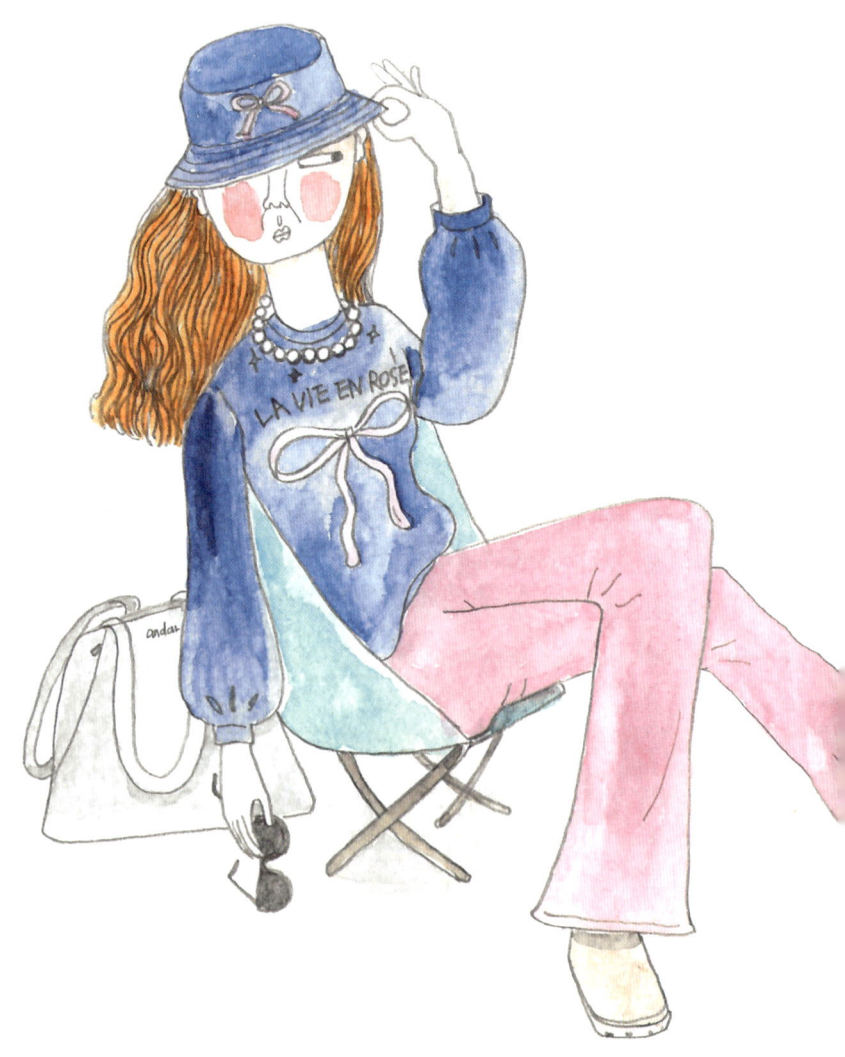

뉘른베르크로 가는
통영 여자

어릴 적, 할머니를 보면
젊었던 적이 없는
원래 늙은 사람 같았다.
아무리 상상해도
내가 할머니가 된 모습은 그려지지 않았다.
청춘은 눈이 부셔
돌아다봐야 그제야 보이는가.

뒤돌아보니 그 기억이 생생해져
이제 와 발버둥을 쳐본다.
다시 젊어지기 위해서가 아니라,
지금 이 순간을 정말 잘 살고 싶어서.
오늘이, 이 생의 가장 멋진 날이라는 걸
우리는 이제 아니까.

한국에서 3개월을 잘 살았다.
나의 삶을 주섬주섬 캐리어에 싸서
이제 집으로 돌아간다.
다시 돌아올 수 있을 거라 믿기에
쓰던 물건들을 그대로 두고
내 사람들과도 짧은 인사만 하고 떠난다.

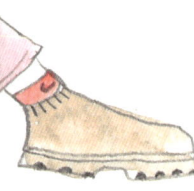

뉘른베르크의 작은 카페에서,
부산에서
통영에서
어쩌면 교토에서.
'청춘 드로잉 에세이'를 쓰고 있는
핑크 아줌마를 어느 날,
당신은 마주칠지도 모른다.
어쩌면 전혀 예상치 못한 곳에서
우리는 다시 만나질지 모른다.

평생 독일과 한국을 오가며
통영과 교토에도 다시 갈 것이다.
여행을 가는 것이 아니라
마치 그곳에 두고 온 추억을
가지러 온 사람처럼
마냥 그곳으로 돌아갈 것이다.

나는 떠나는 일에도,
돌아오는 일에도 익숙한 사람이고 싶다.
떠나기 전에 설레는 만큼
돌아올 때도 설렌다는 것을 안다.
남겨 두고 가는 사람이
신경 쓰이지만, 신경 안 쓰기로 한다.
우리는 사랑하는 것을 계속 사랑해야 하니까.

이제, 그다음을 생각해 본다.
어디로 떠날지를.
떠난다는 말은 남겨진 사람의 것이고,
떠나는 사람은 어딘가에 새롭게 도착한다.
나는 언제나 그다음에 어디로 떠날지
알고 있는 채로 살아가고 싶다.

여보,
나 던던 한 번 더
갔다 올게.

에필로그

"우리 남은 날들 행복하기를."

나는 한국과 독일, 두 곳 모두에서 이방인이라 그런지 공감이라는 것에 늘 목이 마르다. 나의 이야기가 그저 나이 들어가는 사람의 조금 웃긴 이야기가 아니라, 손바닥을 마주 치며 딱, 우리들의 이야기라고 맞장구를 쳐주면 좋겠다. 어떤 날은 웃고, 어떤 날은 울 수도 있다는 걸 겪어본 사람들끼리 주고 받는 위로의 말로, 읽혀졌으면 좋겠다. 그런 말들이 오가다 보면 우리가 살아 온 이야기들이 그 자체로, 작은 행복이 되면 좋겠다.

브런치스토리에 100일 동안 매일 한 편씩 글을 썼다. 37만 번의 조회, 1만 5천 개의 좋아요, 1,600명의 구독자, 2,500번이 넘는 댓글 대화. 대단한 성과는 아니지만, 런던 한 번 갔다 오고 이만하면 본전은 뽑았다. 혼자 힘으로는 100회를 다 못해냈을 것이다. 독자들의 환대와 포용이 있었기에 가능했던 연재였다. 그들은 통영에도, 교토에도, 뉘른베르크에도 여름에도, 겨울에도 마음으로 나를 보러 와 주었다.

사람 사는 100일 동안, 무슨 일이 없었겠나. 글을 오래 쓰다 보니 팔에 통증을 달고 살았다. 아름다운 오스트리아와 이탈리아에 여행을 가서도 호텔 방에 들어앉아 글만 썼다. 신경을 너무 많이 쓴 탓인지 급체와 위경련이 와서 배를 붙잡고 글을 올린 적이 여러 날이다. 한여름, 37도 더위에 겨울 이야기를 쓰는 것이 독자들에게 미안한 적도 있다. 그렇게 100일을 무사히 채우고 나서 제일 먼저 드는 생각이, 이제는 마음껏 아플 수도 있겠다는 거였다.

에세이를 쓰기 시작한 뒤로, 남편 눈에서 사랑이 하루가 멀다고 샘솟는 걸 봤다. 가족들에게 새삼스럽게도 존경과 사랑을 듬뿍 받았으며 친구들에게서 "글, 잘 보고 있어."라는 행복한 인삿말을 자주 들었다. 하루도 빠짐없이 브런치 작가님들과 독자님들이 보내주신 격려와 응원은 태어나서 한 번도 받아본 적 없는 것이어서 큰 감동이었다. 많은 분들이 자신도 그림을 그리고 싶었는데 내 그림을 보고 용기를 얻었다고 말해주셨다. 그럴 때면 내 일처럼 기쁘고 가슴 벅차오르는 보람을 느꼈다.

쓰고, 그리는 동안 나는 매일 최선을 다했고 매일 즐거웠다. 누가 다시 하겠냐고 물으면 아니, 못하겠다고 0.1초 안에 답하겠다.(웃음) 단언컨대, 나를 성장시킨 것은 나의 독자들이다. 독자들을 떠올리면 부족함이 많이 느껴져, 글과 그림을 여러 번 다시 쓰고 그리다 보니 매일 맹연습이 되어 실력도 많이 늘었다. 무엇보다 독자들과 진짜 '소통'하는 걸 배우게 됐다는 것이 내가 받은 가장 값진 선물이다.

이제 가슴에는 더 뜨거운 것이 남았다. 쓰고 그리는 일은, 내가 53세에 가진 새로운 직업이 아니라, 삶의 방식이 되었다. 오래도록 꿈으로만 여겨왔던 일이다.

마지막으로, 나의 사랑하는 독자님들에게 꼭 전하고 싶은 말이 있다.

"당신도 할 수 있습니다."

이 여정을 함께해 주신 모든 분들께, 말로 다 표현할 수 없는 고마움을 전한다. 우리 남은 날들 행복하기를.

뉘른베르크에서 문 정

2025년 1월

지금은 봄,
비 오고 나면 푸른 여름

초판 1쇄 인쇄 2025년 6월 23일
초판 1쇄 발행 2025년 7월 4일

글·그림 ㅣ 문 정

발 행 인 ㅣ 홍은정

주   소 ㅣ 경기도 파주시 심학산로 12, 4층 401호
전   화 ㅣ 031-839-6800
팩   스 ㅣ 031-839-6828

발 행 처 ㅣ ㈜한올엠앤씨
등   록 ㅣ 2011년 5월 14일
이 메 일 ㅣ booksonwed@gmail.com

* 책읽는수요일, 비즈니스맵, 라이프맵, 생각연구소, 지식갤러리, 스타일북스는
  ㈜한올엠앤씨의 브랜드입니다.